Chris Bradford
SUPER BODYGUARD

© Danny Fitzpatrick

DER AUTOR

CHRIS BRADFORD recherchiert stets genau, bevor er mit dem Schreiben beginnt: Für seine Bestsellerserie »Bodyguard« belegte er einen Kurs als Personenschützer und ließ sich als Leibwächter ausbilden. Bevor er sich ganz dem Bücherschreiben widmete, war Chris Bradford professioneller Musiker und trat sogar vor der englischen Königin auf. Seine Bücher wurden in über zwanzig Sprachen übersetzt und vielfach ausgezeichnet.

Von Chris Bradford bereits erschienen:

Bodyguard – Die Geisel (Band 1; 40275)
Bodyguard – Das Lösegeld (Band 2; 40276)
Bodyguard – Der Hinterhalt (Band 3; 40315)
Bodyguard – Im Fadenkreuz (Band 4; 40316)
Bodyguard – Der Anschlag (Band 5; 40350)

Mehr Informationen zur Bodyguard-Serie unter:
www.cbj-verlag.de/bodyguard

CHRIS **BRADFORD**

SUPER BODYGUARD

Aus dem Englischen von
Karlheinz Dürr

cbt

Dieses Buch ist auch als E-Book erhältlich.

FSC
www.fsc.org
MIX
Papier aus verantwortungsvollen Quellen
FSC® C014496

Verlagsgruppe Random House FSC® N001967

1. Auflage 2018
cbt Taschenbuch April 2018
Bereits erschienen als E-Book-Ausgaben unter den Titeln:
»Super Bodyguard – Der Auftrag«, »Super Bodyguard – Der Angriff«,
»Super Bodyguard – Das Finale«

Die Originalausgaben der drei Super-Bodyguard-Abenteuer
erschienen 2015, 2016 unter den Titeln »Bullet Catcher«,
»Bullet Catcher – Sniper« und »Bullet Catcher – Blowback«
bei Barrington Stoke Limited, London
Übersetzung: Karlheinz Dürr
Umschlaggestaltung: Carolin Liepins, München unter Verwendung der
Abbildung von: © Shutterstock Shutterstock (Stefano Cavoretto, NickSorl)
MP · Herstellung: UK
Satz: KompetenzCenter, Mönchengladbach
Druck: GGP Media GmbH, Pößneck
ISBN 978-3-570-40365-5
Printed in Germany

www.cbj-verlag.de

Für Mark, Kate, Thomas,
Lulu und Jasper Dyson,
eine Super-Familie!

Der Auftrag

1
Schüsse

IN NAHER ZUKUNFT

Troy blickte von dem Batman-Comic auf, den er gerade las – und sah ein Mädchen ihm genau gegenüber vor der Zeitschriftenauslage stehen, keine zwei Meter entfernt.

Das Mädchen war recht hübsch, auch wenn sie ein bisschen wie ein Freak aussah, mit großen, schwarz geschminkten Augen, einem silbernen Nasenpiercing und kurzen schwarzen, an den Spitzen silberweiß gefärbten Haaren. Als sie merkte, dass er sie beobachtete, hörte sie auf im Takt des Sounds aus ihren Kopfhörern zu nicken und lächelte ihm scheu zu. Erst jetzt wurde ihm bewusst, dass er sie nicht nur angeschaut, sondern richtiggehend angestarrt hatte.

Troy hätte ihr Lächeln gern erwidert, aber seine Lippen schienen wieder mal irgendwie eingefroren zu sein. Im Umgang mit Mädchen war er schon immer schüchtern gewesen; offenbar galt das auch für solche, die an einem Samstagmorgen im Shoppingcenter von Terminus City in uralten Comic-Heften schmökerten. Und die ihn sogar anlächelten, was nun wirklich *sehr* selten passierte.

Er tauchte schnell wieder hinter seinem Comic-Heft ab, sie sollte nicht sehen, wie ihm das Blut ins Gesicht schoss. *Vierzehn Jahre,* dachte er, *und noch nie eine Freundin gehabt und kein Mädchen geküsst! Das ist einfach megapeinlich.*

In diesem Augenblick knallte es ohrenbetäubend laut. Wie ein Schuss! Einen Moment lang glaubte Troy, er hätte sich den Knall nur eingebildet. Wäre nicht das erste Mal, dass er sich so sehr in einem Comic verlor, dass ihm die Geschichte wahrhaftiger vorkam als die wirkliche Welt ringsum. Aber als er zur nächsten Seite blätterte, auf der Batman gerade einen von Jokers Kumpanen ausschaltete, hörte er weitere Schüsse, gefolgt von lautem Schreien.

Schlagartig wurde ihm klar, dass diese Schüsse nur zu real waren.

Der Ladenbesitzer, ein kleiner, dicker Mann mit Pferdeschwanz und einer Brille mit halbmondförmigen Gläsern, rannte zur Ladentür und spähte vorsichtig in den breiten, hell erleuchteten Korridor des Shoppingcenters hinaus. Eine Frau rannte vorbei, mit vor Entsetzen verzerrtem Gesicht und vor Angst weit aufgerissenen Augen.

Troy ließ das Comic-Heft fallen und flitzte zum Schaufenster neben der Tür. »Was ist da draußen los?«, fragte er aufgeregt.

Der Ladenbesitzer hob die Schultern und schüttelte den Kopf. »Keine Ahnung.«

Beide zuckten zusammen, als weitere Schüsse durch das Einkaufszentrum hallten. Troy und der Ladenbesitzer standen wie erstarrt, unfähig, sich zu rühren. Männer, Frauen und Kinder rannten vorbei und flohen in alle Richtungen. Die wenigen Kunden in der Buchhandlung waren wie vom Donner gerührt. Draußen im Korridor suchten die Leute verzweifelt nach Deckung, kauerten sich hinter Säulen und große Pflanzenkübel oder duckten sich sogar hinter die viel zu kleinen Abfallbehälter.

Noch mehr Schüsse krachten. Der Imbissstand gegenüber war mit einem Schlag wie leer gefegt. Auf ihrer Flucht rempelten sich die Menschen gegenseitig aus dem Weg und rannten Tische und Stühle um. Im Imbissstand blieb nur ein Mann zurück. Er lag quer über einem Tisch. Ketchup rann über die Tischplatte und tropfte auf den Boden.

Sekundenlang weigerte sich Troys Verstand zu glauben, was er sah. Dass es kein Ketchup war. Sondern *Blut*.

Erschüttert und geschockt wurde Troy allmählich klar, was gerade passierte: ein Anschlag auf das Einkaufszentrum! Panik packte ihn – *Was soll ich tun?* Seine Eltern saßen in einem Café auf der oberen Etage. Sollte er sie suchen gehen? Oder war es sicherer, wenn er blieb, wo er war? Oder sollte er wie alle anderen zu fliehen versuchen?

Troy presste das Gesicht gegen die Glasscheibe und suchte in der fliehenden Menge nach seinen Eltern. Aber überall herrschte das totale Chaos. Er wollte gerade aufgeben, als er sie auf der Rolltreppe entdeckte. Doch die Rolltreppe war ihnen zu langsam; sie kamen herabgesprungen, zwei Stufen auf einmal nehmend, und rannten geradewegs auf die Buchhandlung zu.

»Die *AF*!«, hörte er seinen Vater brüllen. »Lauf, Troy, lauf!«

2
Die Armee der Freiheit

Troy wusste aus den Fernsehnachrichten, was die Abkürzung *AF* bedeutete: *Armee der Freiheit* – eine Terroristengruppe, die äußerst brutale Anschläge in Terminus City verübte. Er selbst war noch nie Zeuge einer ihrer Operationen gewesen – so etwas Schreckliches passiert nur anderen Menschen, hatte er immer gedacht. Aber doch niemals ihm und seiner Familie!

Doch jetzt geschah es direkt vor seinen Augen! Vor Entsetzen wie gelähmt, starrte er durch das Schaufenster der Buchhandlung, als fünf völlig schwarz gekleidete Gestalten – schwarze Kampfstiefel, Kampfhosen und Kapuzenpullover – auftauchten und den hell erleuchteten, glänzenden Korridor des Einkaufszentrums entlangmarschierten. Ihre Gesichter waren hinter weißen Plastikmasken verborgen, nur die Augen schimmerten durch die Schlitze im Plastik.

Der offensichtliche Anführer der Terroristen marschierte daher wie ein gesichtsloser Terminator und feuerte mit seinem *F4000-Sturmgewehr* auf alles, was sich bewegte.

Hilflos, schockiert, zu Tode erschrocken musste Troy mitansehen, wie seine Eltern von der Rolltreppe in den Korridor sprangen … wie der Terrorist die Waffe herumschwenkte … und auf seine Eltern richtete.

»NEIN!«, schrie er verzweifelt. *»LAUFT!«*

Aber die Warnung kam zu spät.

Die Mündung der *F4000* blitzte auf. Kugeln flogen.

Troys Mutter fiel zuerst.

Sein Vater blieb stehen, wollte ihr wieder auf die Beine helfen. Eine Kugel streifte seinen Arm und schleuderte ihn herum. Aber er schaffte es trotzdem, sich über sie zu werfen, um sie zu schützen.

Kalt drückte der Terrorist erneut den Abzug.

Troys Eltern lagen nun still da.

Aus Troys Kehle stieg ein entsetzlicher Schrei hoch, Schmerz, Trauer, rot glühende Wut vermischten sich. In unbändiger Verzweiflung hämmerte er mit beiden Fäusten gegen die Glasscheibe. Der Terrorist wirbelte zu ihm herum und feuerte erneut. Troy konnte sich gerade noch auf den Boden werfen, als die Schaufensterscheibe über ihm zerbarst. Tausende Glassplitter prasselten auf ihn herab.

Erst jetzt drangen die Schreie der anderen Kunden im Laden in sein Bewusstsein. Alle flohen zum Hinterausgang. Doch Troy war wie versteinert und verharrte in Schockstarre, wo er war.

Der Ladenbesitzer schlug die Eingangstür zu und versuchte sie zu verriegeln. In seiner Panik hatte er wohl vergessen, dass ihm eine Glastür gegen eine Automatik, die 10 Runden in der Sekunde abfeuerte, keinen Schutz bieten konnte. Die Kugeln zerschmetterten auch die Tür, trafen den Ladenbesitzer und schleuderten ihn rückwärts in seinen Laden. Er prallte gegen den Verkaufstresen und sackte in sich zusammen.

Der Terrorist schlug mit dem Gewehrkolben die letzte große Scherbe aus dem Türrahmen und trat in den Laden.

Jetzt erst setzte Troys Überlebensinstinkt wieder ein und trieb ihn an, sich zu retten.

Er sprang auf, stieß einen fahrbaren Ständer mit Comic-Heften zur Seite und stürzte zum Hinterausgang.

Der Ständer rollte durch den Laden, kippte um, schlitterte dem Terroristen vor die Füße und brachte ihn im selben Moment, in dem er auf Troy schoss, aus dem Gleichgewicht. Die Kugel verfehlte ihr Ziel und schlug stattdessen in ein Regal voller Magazine ein.

Instinktiv hatte sich Troy umgedreht. Er sah, dass dem brutalen Angreifer die Kapuze vom Kopf gerutscht war.

Eine Sekunde lang konnte er kurze blonde Haare erkennen und ein kleines schwarzes Tattoo hinter dem linken Ohr.

Schon kickte der Terrorist den Comic-Ständer zur Seite und riss die Waffe erneut hoch.

Doch jetzt zielte das hässliche schwarze Mündungsloch nicht mehr auf Troy, sondern auf das nette Mädchen, das ihn noch vor einer Minute angelächelt hatte.

Es kauerte auf dem Boden, zusammengekrümmt wie ein Embryo, den Kopf mit den Armen schützend. Und es zitterte vor Todesangst.

Ohne nachzudenken, sprang Troy mit zwei riesigen Sätzen zu dem Mädchen hinüber, hechtete vorwärts und landete genau auf ihm. Die Maschinenpistole des Terroristen ratterte los. Troy spürte nur noch die erste der acht tödlichen Kugeln, die mit unglaublicher Gewalt in seinen Körper einschlugen.

3
Medusa

Troy wurde von einem merkwürdigen elektronischen Ton aufgeweckt. *Piep … Piep …*

Mühsam öffnete er die verschwollenen Augen und blinzelte in die Helligkeit. Er lag in einem Krankenhausbett, in einem weißen Zimmer ohne Fenster. Zwei Elektroden klebten auf seinem nackten Oberkörper. Eine Reihe medizinischer Hightechmonitore zeigten seinen Herzrhythmus und Signale anderer wichtiger Lebenszeichen an. Die Bildschirme schimmerten in sanftem Grün.

Als Troy den Blick endlich fokussieren konnte, entdeckte er eine Frau, die am Fußende des Bettes stand. Sie war ungewöhnlich groß, doch das Auffälligste war ihre Frisur – ein Wust weiß gefärbter, steil in die Höhe ragender Stachel. Die ausgeflippte Frisur passte nicht zu ihrem schicken silbergrauen Hosenanzug, den eleganten Lederhandschuhen und den langen silbernen Ohrringen. Ihre dünnen Lippen lächelten freundlich, aber die Wärme dieses Lächelns reichte nicht bis zu den grauen Augen, die ihn hart und kalt musterten.

»Wie fühlst du dich, Troy?«, fragte sie mit starkem Akzent.

»Ganz okay … glaube ich.« Er setzte sich mühsam auf. Arme, Beine, Rücken – alles war steif und schmerzte. Als Troy an sich hinunterblickte, entdeckte er mehrere dunkel verfärbte Prellungen auf der linken Seite des Brustkorbs. Das schienen aber auch schon die schlimmsten Verletzungen zu sein.

»Ein Wunder, nach allem, was mit dir passiert ist«, sagte die Frau, der sein Blick nicht entgangen war. Dann nahm sie ein hauchdünnes Tablet aus Glas aus ihrer Tasche und drückte auf ein Symbol. »Das ist …«

»Wer sind Sie?«, unterbrach Troy die Frau. »Sind Sie Ärztin?«

»Nein. Ich heiße Medusa.« Sie streckte ihm ihre behandschuhte Rechte entgegen, als hätte sie sich jetzt erst wieder an ihre Manieren erinnert. Dann deutete sie auf ihr Tablet.

»Was ich gerade sagen wollte – ich habe hier die Aufzeichnung des Angriffs, aufgenommen von einer Überwachungskamera im Shoppingcenter.«

Troy blickte auf das Display. Er sah einen schlaksigen weißen Jungen mit dunklem, kurz geschnittenem Haar in einer Buchhandlung. Das war er selbst – kein Wunder, dass er bei den Mädchen nicht landen konnte!

Auf dem Display war zu sehen, wie das Schaufenster zu Bruch ging und Troy sich blitzschnell auf den Boden fallen ließ.

»Sehr schnelle Reaktion«, bemerkte Medusa.

Jetzt betrat der Terrorist den Laden, Troy stieß ihm den Comic-Ständer in den Weg und rannte zum Hinterausgang.

»Gute Idee, so den Schützen von seinem Ziel abzulenken«, kommentierte Medusa und nickte anerkennend.

Allerdings hatte Troy gar nicht beabsichtigt, den Terroristen zu treffen. Der Ständer hatte ihm einfach nur im Weg gestanden. Aber das musste sie ja nicht wissen.

Als Nächstes sah Troy, wie er sich auf das Mädchen warf.

»Es war sehr mutig von dir, dass du versucht hast, sie zu retten«, sagte Medusa.

»Aber … das habe ich doch gar nicht«, stotterte Troy.

Medusa lächelte nachsichtig. »Nur keine falsche Bescheidenheit«, sagte sie. »Das Mädchen hat überlebt. Es geht ihm gut. Und das hat es nur dir zu verdanken.«

Auf dem Display war nun eine heftige Schießerei zu sehen und zu hören. Troys Herz raste, als er mitansehen musste, wie ein Geschoss nach dem anderen in seinen liegenden Körper einschlug.

»Schalten Sie das ab! Bitte!«, flehte er. Keine Sekunde länger konnte er das ertragen! Es erinnerte ihn daran, was seinen Eltern zugestoßen war.

Medusa wischte über das Display und das Bild verschwand.

»Ich bin froh, dass es dem Mädchen gut geht«, sagte Troy mit belegter Stimme. »Aber was ich nicht verstehe … wie kommt es, dass ich so viele Schüsse überlebt habe?«

»Mein lieber Junge«, antwortete Medusa ernst, »du hast überlebt, weil du gegen Kugeln gefeit bist.«

Troy starrte sie an. »Soll das ein Witz sein?«

Die mysteriöse Frau sah allerdings nicht aus, als würde sie jemals Scherze machen.

»Du hast es doch selbst gesehen«, sagte sie. »Der Terrorist hat dich aus kürzester Entfernung mit acht Hochgeschwindigkeitsgeschossen des Kalibers 45 getroffen. Nicht mal die beste kugelsichere Weste hätte solchen Projektilen standhalten können.«

»Aber das ist doch unmöglich!«, rief Troy. Er war jetzt überzeugt davon, dass er entweder tot war oder träumte – oder womöglich war er einfach übergeschnappt. Er zwickte sich kräftig in den Arm: Es tat ganz normal weh.

»Nein, das ist nicht unmöglich«, versicherte ihm Medusa. »Du bist anders als die meisten Menschen. Die Zellen deiner Haut haben einen ungewöhnlich hohen Anteil an Kohlenstoff und sind wabenförmig angelegt. Wenn du von einer Kugel getroffen wirst, verdichtet sich deine Haut blitzschnell und verteilt die kinetische Energie auf eine größere Fläche. Das bedeutet, dass dein Körper im Vergleich mit Stahl einen zehnfach stärkeren Impuls aushalten kann.«

Troy blieb buchstäblich der Mund offen stehen. Zehnfach stärker als Stahl? Plötzlich fiel ihm sein

Unfall im vergangenen Jahr wieder ein: Ein Auto hatte ihn erfasst und mitgerissen, als er vor einer Straßengang hatte abhauen wollen. Der Rettungssanitäter meinte, er hätte eigentlich tot sein müssen. Aber wie sich dann herausstellte, hatte Troy sich keinen einzigen Knochen gebrochen. Damals hatten alle einfach gedacht, er hätte unverschämt großes Glück gehabt.

»Soll das heißen, dass ich wie … wie Superman bin?«, fragte er.

Medusa lachte kurz auf. »Nein, mein Lieber, du siehst weder so aus noch bist du so stark wie er, tut mir leid. Aber mit dem richtigen Training können wir aus dir einen Super*boy* machen.«

Troy runzelte die Stirn. »Training? Was meinen Sie damit?«

Medusa lächelte kalt. »Troy«, sagte sie, »ich bin hier, weil ich dich als Super Bodyguard anwerben möchte.«

4
Einzige Chance

»Ich leite *SPEAR*, eine geheime Agentur für Personenschutz«, erklärte Medusa. Troy hatte sich mittlerweile kerzengerade im Bett aufgesetzt und hörte ihr voller Verwunderung zu. »*SPEAR* bietet den Reichen und Mächtigen von Terminus City Schutz und Sicherheit. Unsere Klienten sind zum größten Teil die Söhne und Töchter von einflussreichen oder berühmten Eltern. Seit einiger Zeit können wir uns vor Aufträgen kaum retten, weil Terroristenangriffe wie die der *AF* ständig zunehmen und immer brutaler werden. Was bedeutet, dass wir weitere Mitarbeiter anwerben müssen …«

»Heißt das, es gibt noch mehr Leute wie mich?«, fragte Troy.

Medusa nickte. »Ja, aber sie haben alle ganz unterschiedliche *Talente.*«

Troy ließ sich wieder auf das Kissen zurücksinken, überwältigt von dem, was er gerade zu hören bekommen hatte.

»Du hast den natürlichen Instinkt und die körperlichen Fähigkeiten, um ein Super Bodyguard zu werden«, stellte Medusa ungerührt fest. »Alles, was du jetzt tun musst, ist, diese Einverständniserklärung zu unterschreiben, sodass wir bald mit dem Training beginnen können.«

Sie legte ihr Tablet vor ihn auf die Bettdecke. Auf dem Display war ein digitaler Vertrag zu sehen. Troy las ihn langsam durch, während sein Gehirn auf Hochtouren lief, um das zu verarbeiten, was sie gerade gesagt hatte.

»Das geht doch gar nicht!«, protestierte er schließlich und schob das Tablet von sich. »Ich kann kein Bodyguard werden, Sie haben sich den Falschen ausgesucht. In Sport bin ich die totale Null, immer werde ich als Letzter in ein Team gewählt! Niemand würde mich als Super Bodyguard haben wollen. Im Shoppingcenter hab ich mir vor Angst fast in die Hose gemacht. Ich wollte einfach nur abhauen.«

»In einer solchen Situation ist das die klügste Entscheidung«, antwortete Medusa gelassen.

»In die Hose machen?«, fragte Troy spöttisch.

Sie verzog keine Miene. »Nein, fliehen – um dich und den VIP so schnell wie möglich in Sicherheit zu bringen.«

»Ich … ich kann kein Super Bodyguard werden«, sagte Troy stur. »Ich gehe ja noch zur Schule.«

»Und wer wird dich jetzt jeden Tag zur Schule fahren?«, fragte Medusa kaltherzig.

»Meine Mu…«, begann Troy. Doch dann stieg ihm ein Kloß in die Kehle, als er sich an das erinnerte, was er bei dem Angriff hatte mitansehen müssen. Seine Eltern waren tot. Kaltblütig ermordet durch einen Terroristen der *AF*. Er war allein. Troy unterdrückte ein Schluchzen und starrte an die Decke, um die Tränen zurückzudrängen.

»Es tut mir sehr leid, was mit deinen Eltern passiert ist«, sagte Medusa. Sie setzte sich auf die Bettkante und berührte sanft seinen Arm. »Das muss sehr schmerzlich für dich sein. Wir haben Informationen über dich eingeholt. Daraus geht hervor, dass du hier in der Stadt keine weiteren Verwandten hast. Du bist völlig allein auf der Welt. Was willst du jetzt machen? Deine Eltern sind aus Polen eingewandert, aber dorthin kannst du nicht zurück. Denn auch dort hast du keine Familie mehr. Wo wirst du wohnen? Hast du Geld? Wo willst du schlafen, woher bekommst du etwas zu essen?«

Troy schluckte und kämpfte gegen die Tränen an. Auf keine dieser Fragen wusste er eine Antwort.

»Mach dir nichts vor, Troy: Du bist jetzt Vollwaise. Deine Eltern waren Einwanderer«, sprach Medusa ungerührt weiter. »In dieser Stadt überleben Kinder wie du nicht sehr lange. Niemand wird dich adoptieren. Nicht, solange hier das Gesetz gilt, dass jede Familie nur ein einziges Kind haben darf. Aber *SPEAR* kann dich aufnehmen und für dich sorgen.«

Sie schob das Tablet mit dem Vertrag wieder zu ihm hin.

»Ich … ich weiß nicht, was ich tun soll«, stieß Troy mühsam hervor, verunsichert, verloren und verzweifelt.

»Doch, du weißt es. Komm zu *SPEAR*. Das ist deine beste Chance«, drängte Medusa. »Deine *einzige* Chance.«

Troy starrte sie an. Ihre steingrauen Augen wichen seinem Blick nicht aus. *Sie hat recht,* dachte er. *Ich habe keine andere Wahl.*

5
S.P.E.A.R.

»Willkommen im *SPEAR*-Hauptquartier«, sagte Medusa, als das Auto vor einem alten, heruntergekommenen Gebäude anhielt.

Nachdem Troy den Vertrag mit seinem Fingerabdruck »unterschrieben« hatte, war er von Medusa zur winzigen Mietwohnung seiner Eltern gefahren worden. Dort hatte Troy einige Sachen gepackt, während Medusa mit ein paar Telefonaten dafür gesorgt hatte, dass der armselige Besitz seiner Familie in Kisten verpackt und irgendwo eingelagert wurde. Außer seinen Kleidern hatte Troy nur einen Gegenstand mitgenommen, der ihm wertvoll genug erschienen war: ein Foto, das ihn zusammen mit seinen Eltern zeigte. Mit Tränen in den Augen hatte er es in die

Reisetasche gelegt und dann die Wohnung verlassen, um ein völlig neues, unerwartetes Leben als Super Bodyguard zu beginnen.

Troy spähte durch die dunkel getönte Windschutzscheibe auf die rote, bröckelnde Backsteinfassade.

»Das ist ja eine Bücherei!«, sagte er verwundert.

»Richtig«, nickte Medusa. »Die optimale Tarnung. Heutzutage gibt es alles online, wer geht da noch in Büchereien?«

»Ich zum Beispiel«, gab Troy zu. Und kam sich wie ein Streber vor.

Medusa hob eine ihrer dünnen, sorgfältig gezupften Augenbrauen. »Das habe ich mir gedacht. Komm mit.«

Die Autotüren öffneten sich automatisch und Medusa führte Troy die Steintreppe hinauf. Innen war das Gebäude vollkommen leer – es gab nur einen technisch veralteten Bibliotheks-Roboter.

Der Roboter verfolgte jede ihrer Bewegungen, als Medusa und Troy zum Aufzug gingen. Im Lift legte Medusa den Daumen auf einen Fingerabdruckscanner. Mit sanftem Ruck setzte sich die Kabine abwärts in Bewegung. Troy beobachtete, wie die Stockwerksanzeige von 0 auf –1, dann auf –2 sprang … und erlosch. Doch der Aufzug fuhr immer noch weiter nach unten.

Troy wollte gerade fragen, ob die Stockwerksanzeige kaputt sei, als die Tür aufglitt. Sie traten in einen silberweiß glitzernden Empfangsbereich. Dezentes violett-blaues Licht schimmerte, und an den Wänden hingen große Displays, die aktuelle Nachrichten und Sicherheits-Updates aus aller Welt anzeigten. Die gesamte Lobby war Hightech und so makellos sauber und steril, dass Troy momentan glaubte, er hätte sich in ein Raumschiff verirrt.

Ein Sicherheitsmann hinter einem Tresen blickte ihnen aufmerksam entgegen und begrüßte Medusa wie eine Vorgesetzte. Hinter ihm zeigte ein Überwachungsmonitor den Eingangsbereich der Bibliothek, durch den sie gerade gekommen waren. Dann war der Roboter also in Wirklichkeit eine Überwachungskamera!

Medusa blickte sich um. »Wo bleibt Kasia?«, wollte sie wissen.

»Sie ist auf dem Weg hierher«, antwortete der Sicherheitsmann. »Ich habe sie bereits angefunkt, mehrmals.«

Medusa presste verärgert die Lippen zusammen.

Doch bevor sie etwas sagen konnte, schlenderte aus dem in weitem Bogen verlaufenden Flur ein Mädchen herbei. Es trug ein rosa Sportshirt und eine graue Jogginghose. Troy konnte kaum seinen Blick von ihm losreißen. Das Mädchen hatte platinblondes Haar, schneeweiße Haut und bezaubernde eisblaue Augen. Sie sah aus wie eine Finnin.

»Zeit ist kostbar, Kasia«, sagte Medusa streng. »Das solltest du als Super Bodyguard eigentlich wissen.«

»Zeit ist, was man daraus macht«, gab Kasia so cool zurück, wie sie aussah.

Medusa betrachtete sie mit schmalen Augen. »Kasia, zeig unserem neuen Rekruten alles und stelle ihn den anderen vor«, blaffte sie das Mädchen an. »Und komm nie wieder zu spät!«

Dann wandte sie sich an Troy, erklärte ihm, dass er sie später wiedersehen würde, und ging durch den Flur davon. Ihre High Heels klapperten über den polierten Marmorboden.

Kasia salutierte spöttisch hinter ihr her. »Jawohl, General«, aber das flüsterte sie nur. Sie grinste Troy kumpelhaft an. »Medusa ist eigentlich ganz in Ordnung, nur manchmal muss sie unbedingt den strengen Boss raushängen.« Sie betrachtete Troy von oben bis unten. »Also du bist dieser Troy?«

Troy nickte.

»Stimmt das, was sie erzählen? Hast du *wirklich* Kugeln gestoppt?«, fragte sie.

Troy nickte noch einmal.

Kasia pfiff leise durch die Zähne. »Echt cool! Bin beeindruckt. Aber kannst du auch schon sprechen?«

Wieder konnte Troy nur nicken. Ihre eisblauen Augen fesselten ihn so sehr, dass er kein Wort herausbrachte.

Kasia lachte. »Na, dann freue ich mich schon mal darauf. Komm mit. Je schneller wir die Tour hinter uns bringen, desto länger können wir abhängen.«

Sie führte ihn den Flur entlang und blieb vor einer Tür stehen, auf der ein smaragdgrünes Logo angebracht war. Es zeigte den grafischen Umriss einer Speerspitze, auf der senkrecht die Buchstaben S. P. E. A. R. standen.

Troy hatte sich inzwischen wieder so weit unter Kontrolle, dass er fragen konnte: »Wofür steht *SPEAR*?«

»*Sicherheit*, *Protektion* und *Elementare Angriffs-Reaktion*«, antwortete Kasia.

»Elementar?«

»Das bezieht sich auf die natürlichen Superkräfte, die ein Super Bodyguard wie du besitzt«, erklärte sie und legte den Zeigefinger auf den Fingerabdruckscanner.

Die Tür glitt auf und sie traten in einen großen runden Raum. Sie standen oben auf einer Galerie von der sie den gesamten Raum überblicken konnten. Drei Reihen bequem gepolsterter Stühle waren kreisförmig angeordnet; der Boden fiel zur Mitte des Raumes hin ab, wo ein großer Hologrammtisch stand. Darüber hingen vier Mega-Monitore von der Decke.

»Das ist der Besprechungsraum für unsere Missionen«, erklärte Kasia. Sie wies auf eine Türreihe an der gegenüberliegenden Seite der Kammer. »Dort drüben befinden sich unsere Unterkünfte. Deine Schlafzelle ist die Tür ganz rechts mit dem blauen Rahmen.«

Sie führte ihn die Galerie entlang, von der ihrerseits mehrere Türen abgingen. »Das ist unser Unterrichtsraum … und das hier sind Fitnessstudio und Kampfsportraum.«

Troy spähte durch ein schmales Fenster in der Tür und sah Geräte mit schweren Gewichten, eine Reihe Kraftstationen, mehrere Crosstrainer und sechs Laufbänder sowie eine riesige Kampfsportmatte. »Wozu brauchen wir ein Fitnessstudio?«, fragte er. »Heute nimmt doch jeder nur noch Fitnesspillen?«

»Schön wär's!«, lachte Kasia. »Unser Kampfsporttrainer ist einer von der ganz altmodischen Sorte. Er behauptet steif und fest, dass man nur wirklich fit werden kann, wenn man jeden Tag stundenlang Blut und Wasser schwitzt und vor Schmerzen stöhnt. Merk dir gleich mal sein Motto: *Ohne Schweiß kein Preis. Ohne Blut kein Mut*. Mach dich also darauf gefasst, beim Training zu bluten. Ich meine das wortwörtlich!«

Troy riss entsetzt die Augen auf. Er war kein sportlicher Typ, und auch Fitnesspillen hatte sich seine Familie nie leisten können.

Kasia lachte und klopfte ihm freundschaftlich auf die Schulter. »Mach dir keine Sorgen, es ist nicht alles so schlimm, wie es klingt. Das Essen schmeckt super und wir haben immer genug zu essen«, sagte sie, öffnete eine weitere Tür und ließ ihn in einen Speisesaal blicken, in dem es köstlich duftete – nach *echtem* Essen. Troy hatte längst vergessen, wie das wohl schmeckte – wie fast jeder andere war auch er mit künstlicher Nahrung aufgewachsen.

Kasia führte ihn weiter. »Hier ist der Aufenthaltsraum, wo wir in unserer Freizeit chillen. Er ist topmodern ausgerüstet – mit Spielkonsolen, einem virtuellen Kino und sogar einem Prismentisch. Leider hat Lennox letzte Woche einen der Laserstöcke zerlegt.«

»Ein Prismentisch?«, rief Troy aufgeregt. »Im Ernst?« So etwas hatte er bisher nur im Fernsehen gesehen.

»Ja, klar.« Kasia blieb vor einer Tür mit rotem Rahmen stehen. »Und wenn du auf so etwas abfährst, wird dir der Reaktorraum bestimmt gefallen.«

6
Der Reaktorraum

Die Tür öffnete sich automatisch; urplötzlich schoss ein kleiner schwarzer Ball genau auf Troys Kopf zu. Troy konnte nicht mehr ausweichen. Aber im Bruchteil einer Sekunde zuckte Kasias Hand hoch und fing das Geschoss mitten in der Luft ab – Millimeter von Troys Gesicht entfernt.

»Spielverderber!«, rief ein muskulöser Bursche mit amerikanischem Akzent. Er saß an einem Kontrolltisch in der Mitte des kleinen dunklen Raumes. »Hab schon gehört, dass der Neue eine Kugel wegstecken kann, aber ich wollte sehen, ob er auch einer *ausweichen* kann.«

»Das ist Lennox, unser Komiker«, sagte Kasia. Sie schleuderte den Ball auf den Jungen zurück.

Lennox duckte sich. Aber mit Muskelpaketen, die sogar einen Profiringer neidisch gemacht hätten, fiel es ihm schwer, sich schnell genug zu bewegen und dem Wurf auszuweichen.

Kasia warf Troy einen Seitenblick zu. »Warum glotzt du denn so?«

Troy war von der Schnelligkeit beeindruckt, mit der sie auf den Angriff reagiert hatte. »Wie hast du das gemacht?«, fragte er verblüfft.

Kasia zuckte die Schultern. »Der Reflex ist mein Talent. Ich kann sechsmal so schnell reagieren wie die meisten anderen Menschen.«

»6-,8-mal schneller, um genau zu sein«, korrigierte sie ein magerer Junge mit kurzen braunen Haaren und eckiger Brille. Er hing lässig vor einem Computer im Sessel. Selbst während er sprach, flogen seine Finger über die Tastatur. »Kasias metabolisches System funzt mit doppelter Geschwindigkeit«, erklärte er. »Außerdem hat sie eine viel schärfere und schnellere Optik. Ihre Augen reagieren blitzartig und können in einer Sekunde dreimal so viele Informationen aufnehmen wie die Augen eines normalen Menschen. Und ihr Gehirn verarbeitet diese Informationen auch schneller, deshalb kann Kasia schon Entscheidungen treffen, wenn normale Menschen noch nicht mal zu überlegen angefangen haben. Wenn Kasia in Alarmmodus schaltet, läuft bei ihr die Zeit sozusagen in Zeitlupe ab. Im Prinzip könnte man sagen, Kasia ist wie eine Fliege.«

»Danke, Joe«, sagte Kasia. »Eine Fliege, aha.« Ihre Stimme triefte vor Spott. »Du weißt eben immer, wie man einem Mädchen ein Kompliment macht!«

Joe blickte mit einem Stirnrunzeln zu ihr auf. »Aber das war kein Kompliment, sondern eine Tatsache!«, sagte er ernst.

Kasia verdrehte die Augen. Joe wandte sich ab und hackte weiter wie besessen auf seine Tastatur ein.

»Hey, Kas«, ertönte eine Stimme aus einer anderen Ecke des Raums. »Warum zeigst du dem Neuen nicht, was du *wirklich* draufhast?« Troy drehte sich um. Ein asiatisches Mädchen in einem rosa T-Shirt und mit dunkler Brille saß in der Ecke. Ihre langen schwarzen Haare hatte sie turmartig hochgesteckt.

Kasia seufzte. »Ich bin doch kein Zirkusaffe, Azumi.«

»Joe hat den ganzen Tag damit verbracht, die Reaktorsoftware zu aktualisieren«, sagte Lennox lockend.

»Jede Wette, dass du jetzt das System nicht mehr austricksen kannst.«

Kasia nahm die Herausforderung an. »Fünfzig Chips, dass ich es schaffe.«

»Abgemacht!«, sagte Lennox grinsend.

Eine Seitentüre öffnete sich und Kasia verschwand im eigentlichen Reaktorraum. Troy stellte sich zu Joe und Lennox an den Kontrolltisch. Sie blickten durch ein Beobachtungsfenster und sahen Kasia in der Mitte eines kreisrunden Raumes mit Kuppeldach stehen. Die Wände waren glänzend weiß, mit Hunderten schwach glimmender Kreise, die über die ganze Oberfläche verteilt waren.

Die Lichter im Kontrollzimmer wurden gedimmt und der Reaktorraum wurde zu einer Straßenszene mit dichtem Verkehr; auf den Gehwegen drängten sich die Passanten.

»Das ist ein Simulator«, erklärte Joe. »Er simuliert eine Szene aus dem wahren Leben. Die Figuren haben ihre eigenen Persönlichkeiten und du kannst mit ihnen interagieren. Mit diesem System trainieren wir unser Reaktionsvermögen, zum Beispiel wenn unser VIP angegriffen wird. Wenn du mit diesem Ding regelmäßig trainierst, kannst du deine Reaktionszeit in einer Gefahrensituation um 50 Prozent reduzieren. Bei einem Einsatz als Super Bodyguard kann das den Unterschied zwischen Leben und Tod ausmachen.«

Kasia beobachtete aufmerksam die virtuelle Menschenmenge. Plötzlich tauchte ein Mann mit einer Waffe in der Hand auf.

Eine schwarze Kugel schoss aus einem Loch in der Wand; es sah täuschend echt aus, gerade so, als hätte der Mann geschossen. Aber Kasia hatte kein Problem damit; blitzschnell wich sie der Kugel aus.

»Die Szene und die Menschen sind virtuell, aber die Geschosse sind echte Gummikugeln«, erklärte Lennox gelassen, während Kasia einer weiteren Kugel auswich. »Von so einem Ding willst du ganz bestimmt nicht getroffen werden.«

»Du musst dir das wie eine ultraschnelle Form von Völkerball vorstellen«, fügte Azumi hinzu. »Aber eine verdammt schmerzhafte.«

»Na, dann wollen wir mal das neueste Update testen … und Kasias Reaktion«, sagte Joe und wischte mit dem Finger über die Steuerkonsole.

Plötzlich erschienen mehrere Angreifer. Aber Kasia entging ihnen allen spielend. Leichtfüßig und blitzschnell wirbelte, hüpfte und flitzte sie durch den Raum.

»Sie ist wie Neo aus *Matrix!*«, staunte Troy.

»Aus was?«, fragte Lennox stirnrunzelnd.

»*Matrix*. Ein alter Science-Fiction-Film«, erklärte Troy, als sich Kasia duckte und mit Hechtsprüngen den Geschossen auswich, die im Reaktorraum hin- und herflogen.

Nach fünf Minuten ging dem System die Munition aus. Das Aktionsspiel war zu Ende. Kasia kam in den Kontrollraum zurück, außer Atem, aber unversehrt.

»Du schuldest mir fünfzig Coins, Lennox«, sagte sie und streckte die Hand aus.

Mit mürrischem Grunzen kramte er in der Hosentasche und warf ihr einen Transfercoin zu.

Kasia steckte den Coin ein: »Was ist, Troy? Willst du es auch mal versuchen?«

Troy schüttelte den Kopf. »Nein, danke. Das ist viel zu schwierig für mich.«

»Ich stelle das System auf Anfängermodus ein«, sagte Joe. »Wir können sofort anfangen, sobald du bereit bist.«

Troy wurde klar, dass er sich nicht mehr herausreden konnte, wenn er nicht als Feigling dastehen wollte. Er betrat den Reaktorraum. Einige Sekunden später erschien eine Szene aus einem Restaurant. Gäste saßen an den Tischen, während andere an der Bar miteinander plauderten.

Von irgendwo im Hintergrund ertönte Klaviermusik; ein Kellner schlängelte sich mit einem Tablett voller Getränke zwischen den Tischen hindurch. Troy blickte sich um, konnte jedoch keine Angreifer entdecken. Ein hübsches blondes Mädchen in einem kurzen Seidenkleid kam mit wiegendem Schritt auf ihn zu.

»Hi, Süßer«, sagte sie mit einem umwerfenden Lächeln.

Als sie an ihm vorbeitänzelte, konnte Troy seinen Blick nicht von ihr abwenden.

»Verzeihung, Sir, was möchten Sie trinken?«, fragte der Kellner.

Troy drehte sich zu ihm um – und blickte direkt in eine Pistolenmündung. Eine schwarze Kugel schoss heraus und prallte mitten auf seine Stirn.

7
Apollo

»Das ist nicht gerade die beste Methode, eine Kugel zu fangen!«, grinste Kasia, als sie am nächsten Morgen den kreisrunden roten Abdruck auf Troys Stirn bewunderte.

Das Team hatte sich im Fitnessstudio versammelt, um die erste Trainingseinheit des Tages zu absolvieren. Troy starrte missmutig zu Boden. Die Niederlage im Reaktorraum war ihm äußerst peinlich.

»Mach dir nichts draus«, versuchte ihn Lennox zu trösten. Er klopfte Troy auf den Rücken, wobei er ihm fast das Rückgrat brach. »Ich bin auch auf Jinx reingefallen. Wem kann man das verübeln? Das ist eine ganz heiße Nummer.«

»Leider nur virtuell. Jinx ist ein Nebenprogramm«,

erklärte Joe. »Sie hat keine andere Funktion, als den Benutzer abzulenken und ihm klarzumachen, wie wichtig es ist, sich auf das Wesentliche zu konzentrieren, während …«

Die Tür flog krachend auf. »WAS SEID IHR NUR FÜR EIN HAUFEN VON SCHWACHKÖPFEN, WEICHEIERN UND FAULENZERN!« Ein Koloss von einem Mann in rotem Trainingsanzug stapfte herein und baute sich vor ihnen auf.

Kasia hatte Troy beim Frühstück gewarnt, dass ihr Fitness- und Kampftrainer ein Furcht einflößender Mann sei. Aber nichts hätte ihn auf diesen Burschen vorbereiten können, der auf den Namen Apollo hörte. Er hatte einen glatt rasierten Schädel und die Statur eines Bullen. Und er sah auch stark wie ein Bulle aus … und genau so gemein.

»Ihr kennt die Regeln!«, bellte Apollo. »Ihr wärmt euch auf, *bevor* ich komme! Also los, los, LOS!«

Das Team stöhnte geschlossen, aber alle sprangen sofort auf und erklommen die Laufbänder.

Troy stieg auf sein Laufband und suchte nach dem Startknopf.

»Na, dann schau'n wir mal, was du so draufhast, Troy«, sagte Apollo. Er schlug mit der flachen Hand auf das Display; das Laufband sprang sofort an. Aber Apollo hielt die Geschwindigkeitstaste gedrückt, sodass es immer schneller wurde.

Troy riss es beinahe die Beine unter dem Leib weg; unvermittelt musste er in einen Sprint übergehen, um sich überhaupt auf dem Band halten zu können. Apollo ließ die Taste erst los, als er mit Troys Geschwindigkeit zufrieden war, und ging weiter zu Lennox. Der hatte ein ziemlich gemütliches Tempo eingestellt.

»Na los, Dicker, auf geht's, beweg deinen Hintern!«, bellte Apollo und drückte auf die Geschwindigkeitstaste.

»Ich – bin – nicht – dick!«, keuchte Lennox. Seine dunklen Locken waren bereits schweißnass. »Ich – hab – nur – doppelte – Muskelmasse!«

»Erzähl das deiner Oma«, knurrte Apollo.

»Das stimmt aber«, mischte sich Joe ein, der neben Troy lief. »Lennox hat das Herkulesgen. Seine Muskelmasse ist um 25 Prozent größer und um 50 Prozent leistungsfähiger als die eines normalen Menschen. Würden seine Knochen es aushalten, könnte er eine Backsteinmauer zertrümmern …«

»Spar dir den Atem fürs Laufen, Joe«, warnte ihn

Apollo. »Kraft ohne Ausdauer ist wie ein Panzer ohne Sprit. Nutzlos!«

Der Lauf dauerte zehn Minuten; Troy joggte schneller als jemals zuvor. Dann brüllte Apollo: »STOPP! LIEGESTÜTZE!« Erleichtert und mit Gummibeinen stieg Troy von der Maschine. Er ließ sich auf den Boden fallen und schnappte nach Luft. Von der anderen Seite des Raums hörte er Apollo laut mitzählen. Troy fragte sich gerade, ob der Kerl nur brüllen konnte, als plötzlich der breite Schädel des Trainers über ihm auftauchte. »Wie viele, Troy?«

»Äh … noch keine«, brachte er, immer noch keuchend, hervor.

»KEINE?« Apollos Gesicht lief rot an. Er stellte sich direkt neben Troy und fing an zu zählen.

»Eins!«

Troys Arme zitterten vor Anstrengung, als er sich vom Boden hochstemmte.

»Zwei!«

Troy schaffte den zweiten Liegestütz mit knapper Not, dann brachen die Arme unter ihm weg. »Ich – kann – nicht – mehr«, keuchte er. »Mir ist schlecht.«

»Ich warne dich – wenn du hier zu spucken anfängst, werde ich dich das mit deiner Hose aufwischen lassen!«, fauchte Apollo. »Bei mir gibt es kein ›Ich kann nicht mehr‹! Ist das klar? Ich will dich Blut schwitzen sehen!«

»Das geht gar nicht, weil die Haut …«, mischte sich Joe ein.

»Hör auf mit deinem Wissenschaftsgelaber, Klugscheißer!«, blaffte ihn Apollo an. »Das sagt man halt so!«

Verzweifelt schüttelte er den Kopf, als Troy einen kläglichen Versuch unternahm, einen dritten Liegestütz zu schaffen. Aber schließlich sah Apollo ein, dass er es hier mit einem hoffnungslosen Fall zu tun hatte. »Okay, dann lasst uns mal die Boxsäcke verprügeln, bevor diesem Waschlappen hier sämtliche Adern platzen!«

Das Team sprang auf. Alle stellten sich vor die harten Boxsäcke, die nebeneinander von der Decke hingen.

»Fünfmal dreißig Sekunden links-rechts-links«, bellte Apollo. »LOS!«

Auch während sie auf die Säcke einschlugen, redete er ständig weiter. »In einer Angriffssituation wird dein erster Impuls sein, mit dem Klienten zu fliehen!«

Troy hieb mit der linken Faust auf den Sack. Es fühlte sich an wie ein Schlag auf Beton.

»Aber wenn du nicht mehr aus der Gefahrensituation fliehen kannst, dann schlag zu, so hart du kannst. Sobald dann der Weg frei ist, versuchst du zu fliehen.«

Troy gab sich größte Mühe, mit der rechten Faust eine richtig gute Gerade zu landen. Der Sack schaukelte nicht mal.

Frustriert verdrehte Apollo die Augen. »Mit so einem Schlag gewinnst du keine einzige Sekunde! Leg ein bisschen Schwung in deinen Schlag, Troy! Du musst es nur wollen! Ein Super Bodyguard muss sein Muskelgedächtnis so gut entwickeln, dass ihm die Selbstverteidigung praktisch in Fleisch und Blut übergeht. JAB! CROSS! JAB!«

Troy drosch mit der ganzen Kraft, die er aufbringen konnte, auf den Sack ein. Der Jab, die Gerade mit der linken Hand, machte ihm weniger Schwierigkeiten als der Cross, ein Powerpunch, der ihm alles abverlangte. Schon nach kurzer Zeit raste sein Herz, Schweiß rann ihm übers Gesicht und trotz der Handschuhe waren die Knöchel wundgeschlagen. Dann knickte sein Handgelenk an dem steinharten Sack ab und ein stechender Schmerz schoss durch seinen Arm. Aber er gab nicht auf; zu groß war seine Angst vor Apollos unberechenbaren Wutanfällen.

Plötzlich dröhnte ein lautes *RUMMS!* durch den Raum. Alle hielten mitten im Schlag inne. Lennox hatte seinem Sack einen so mächtigen Schlag versetzt, dass er vom Haken geflogen und aufgeplatzt war. Jetzt lag der Sack wie ein ausgeweidetes Schwein auf dem Boden und die Füllung quoll heraus.

»Lennox! Das ist schon der dritte Boxsack in diesem Monat!«, stöhnte Apollo verärgert.

»Ich kann doch nichts dafür, dass sie die Säcke nicht stark genug machen!«, verteidigte sich Lennox und versuchte, die Füllung wieder hineinzustopfen.

»Lass das!«, knurrte Apollo. »So, Leute. Ihr habt euch lange genug aufgewärmt, jetzt können wir mit dem Training anfangen.«

»Anfangen?«, echote Troy entsetzt und sank erschöpft auf eine Kampfmatte. »Ich dachte, *das* war das Training!«

8
Der Sekundenkampf

»In einer echten Angriffssituation habt ihr höchstens dreißig Sekunden, um euren Gegner auszuschalten«, erklärte Apollo, ohne auf Troy zu achten, der immer noch total erschöpft auf der Matte hockte.

Es nützte Troy nichts, dass er sich beschwerte, Apollo machte einfach weiter. Deshalb rappelte sich Troy wieder auf und schlurfte hinüber zu den anderen, die im Halbkreis auf den Kampfmatten standen. Er hatte schon viele alte Samurai- und Ninjafilme gesehen, aber keine Ahnung, was er von diesem Furcht einflößenden Trainer zu erwarten hatte.

»Wenn ihr glaubt, dass ihr nur Zeit schinden müsst, um euch zu retten, dann täuscht ihr euch. Das wäre ein schwerer Fehler«, fuhr Apollo fort. »Erstens: Je länger du kämpfst, desto länger ist dein Klient der Gefahr ausgesetzt. Zweitens ist es so ähnlich, wie wenn man sich vor dem Ertrinken rettet. Wenn du es nicht in den ersten 30 Sekunden schaffst, bist du so gut wie tot. Es nützt dir also gar nichts, wenn du dir mehr Zeit nimmst – dann wird nämlich alles nur noch schlimmer. Und deshalb müsst ihr versuchen, den Kampf schnell und als Erster zu Ende zu bringen.«

Er winkte Lennox zu sich auf die Mitte der Matte.

»Heute machen wir mit unserem *Kyūsho-Jitsu*-Training weiter«, sagte Apollo.

Troy drehte sich zu Azumi um, die immer noch ihre dunkle Brille trug. »Was ist *Kyūsho Jitsu?«,* flüsterte er ihr zu.

»Eine historische Kampfart, sie nennt sich Kunst der Vitalpunkte«, erklärte sie leise. »Man nennt den Kampfsport auch *Sekundenkampf.*«

»Soll das heißen, dass man damit jemanden in einer Sekunde besiegen kann?«, fragte Troy erstaunt.

»Aufpassen!« Apollo klatschte in die Hände und drehte sich zu ihnen um. »Wie ich gerade sagte, funktioniert *Kyūsho Jitsu,* indem ihr die empfindlicheren Stellen des menschlichen Körpers angreift. Zum Beispiel ...« Apollo baute sich vor Troy auf und hob die

Faust, »wenn ich dir nur einen schwachen Schlag auf den Kopf verpasse, hätte er fast keine Wirkung.«

Das klang bedrohlich und Troy duckte sich ein wenig – egal wie »schwach« Apollos Schlag auch sein würde, es würde auf jeden Fall eine ziemlich schmerzhafte Sache sein.

»Aber wenn ich ein bisschen stärker zuschlage, hättest du vielleicht ein blaues Auge oder eine Prellung im Gesicht«, fuhr Apollo fort. »Schlage ich noch stärker zu, würdest du vermutlich nach hinten taumeln oder sogar leicht benommen sein. Und wenn ich mit voller Kraft zuschlage, würde ich dir wahrscheinlich die Nase brechen und du würdest bewusstlos umkippen. Es könnte aber genauso gut sein, dass ich mir die Hand an deinem harten Schädel verletze. Aber nehmen wir mal an, ich mache etwas ganz anderes …«

Ohne Vorwarnung stieß Apollo zwei gespreizte Finger in Troys Augen.

»Au!«, heulte Troy auf. Er zuckte zurück und schützte die schmerzenden Augäpfel mit beiden Händen. »Was soll denn das, verdammt?«

»Es soll dir das Prinzip von *Kyūsho Jitsu* klarmachen«, sagte Apollo gelassen. Ganz offensichtlich hatte er keinerlei Mitleid mit Troy. »Der Angriff war nur sehr schwach, aber die Wirkung war dramatisch. Kleine Kraft – große Wirkung. Hast du das jetzt kapiert?«

Troy nickte hastig. Er hatte nicht die geringste Lust, sich den Angriff noch einmal zeigen zu lassen.

»Gut, Lektion gelernt!«, stellte Apollo befriedigt fest und ging wieder zur Mitte der Matte, wo Lennox stand. »Wir beginnen mit dem Druckpunkt ST-9.«

Apollo legte einen Finger an Lennox' Hals, direkt rechts neben dessen Adamsapfel. »Wenn ihr diesen Punkt im richtigen Winkel und mit der richtigen Kraft trefft, könnt ihr einen Angreifer auf der Stelle ausschalten«, erklärte er.

Er versetzte Lennox' Hals mit der Handkante einen leichten Schlag; Lennox fiel sofort auf die Knie, als wäre er eine Marionette, der Apollo die Schnüre durchgeschnitten hatte.

»Wie ihr seht, ist die Technik ausgesprochen effektiv«, sagte Apollo, während er Lennox wieder auf die Füße zog. »Es reichen schon etwas mehr als zehn Prozent eurer Kraft, um einen Menschen umzuhauen.«

»*Das* würde ich gern mal sehen!«, sagte Kasia und grinste Apollo herausfordernd an.

»Das glaube ich dir aufs Wort«, antwortete Apollo und kniff die Augen warnend zusammen. »Wir üben den Schlag jetzt, aber ich möchte, dass ihr bei dieser Übung extrem vorsichtig seid. Ein Schlag mit voller Kraft kann tödlich sein. Und jetzt sucht euch einen Partner.«

Plötzlich stand Lennox vor Troy.

»Sei vorsichtig mit ihm«, rief Apollo Lennox warnend zu. »Denk daran, dass er kein Boxsack ist.«

Troy warf einen Blick auf den aufgerissenen Boxsack, der auf dem Boden lag, und begann zu zittern, als er sich vorstellte, was ihm nun bevorstand.

»Keine Angst, ich bin ganz sanft«, versprach Lennox – und schlug mit der Handkante gegen Troys Hals.

Der Hieb erschütterte Troys gesamten Körper – es war, als sei er von einem Panzer überrollt worden. Die Knie knickten unter ihm weg, sein Kopf dröhnte und ihm wurde schwarz vor Augen. Das Letzte, was er hörte, bevor alles dunkel wurde, war Lennox' Stimme: »Aber ich hab ihn doch kaum berührt, ehrlich …«

9 Mission Pandora

EIN MONAT SPÄTER

Troy hinkte aus dem Reaktorraum.

»Gratuliere!«, sagte Kasia. Sie lümmelte in einem Stuhl, mit den Füßen auf dem Kontrolltisch. »Du hast eine ganze Minute lang durchgehalten.«

»Eine Minute und drei Sekunden, um genau zu sein«, korrigierte sie Joe. Er betrachtete kritisch die vom Reaktor errechneten Ergebnisse. »Im Schnitt entspricht das einer täglichen Zunahme deiner Überlebenszeit um 6,3 Prozent, und deine Reaktionszeit bei akuten Bedrohungen hat sich in den letzten 30 Tagen um 9,4 Prozent verbessert.«

»Na super«, murmelte Troy und humpelte zu einem freien Stuhl.

»Nein, *super* ist das nun wirklich nicht«, antwortete Joe. »Die Werte für dein Reaktionsvermögen sind immer noch viel zu niedrig. Bei einem echten Angriff würde deine Überlebenschance nur bei 19 Prozent liegen.«

»Danke für deine ermutigenden Worte, Joe!«, seufzte Troy sarkastisch und ließ sich niedergeschlagen auf den Stuhl fallen.

Nach vier Wochen Kampftraining gab es keine einzige Stelle an seinem Körper mehr, die nicht schmerzte. Zu allem Überfluss hatte ihn soeben eine Reaktorkugel am Bein getroffen, sodass es sich wie betäubt anfühlte. Troy hatte sehr schnell feststellen müssen, dass er zwar kugelresistent sein mochte, aber keineswegs unempfindlich gegen Schmerzen. Der zurückliegende Monat war lang und äußerst qualvoll gewesen.

Troy fragte sich jeden Morgen, ob es die richtige Entscheidung gewesen war, Super Bodyguard werden zu wollen. Tagsüber wurde er erbarmungslos gequält: Fitness-, Kampfsport- und Selbstverteidigungstraining, klassische Personenschutztaktiken, Begleittechniken bis hin zu Fluchtplänen. Zusätzlich organisierte Medusa Unterricht zur Gefahreneinschätzung, Einsatzplanung, Erste-Hilfe-Kurse, Funkbetrieb und Überwachungserkennung. Und das war noch längst nicht alles, was ein professioneller Super Bodyguard können musste. Wenn er abends endlich ins Bett sank, waren sowohl sein Verstand als auch sein Körper völlig ausgelaugt.

Immerhin schaffte Troy jetzt schon 25 Liegestütze, bevor ihn Apollo anschrie, dass er nichts als ein fauler Sack sei. Er schlug mit so viel Kraft auf den Boxsack, dass der sogar manchmal ein wenig hin- und herpendelte. Und er wusste jetzt auch, wo die zehn empfindlichsten *Kyūsho*-Punkte am menschlichen Körper waren. Einer davon, der GB-31-Punkt, war übrigens genau an der Stelle am Oberschenkel, an der ihn gerade die Reaktorkugel getroffen hatte.

Der Schenkel fühlte sich taub an und Troy massierte die Stelle kräftig.

»Köpfe hoch!«, rief Azumi. »Gorgon kommt.« Damit war Medusa gemeint. Gorgonen waren Schreckgestalten aus der griechischen Sagenwelt mit Schlangenhaaren und einem Blick, der jeden zu Stein erstarren ließ. Medusas Spitzname kam Troy recht passend vor. Die Tür zum Kontrollraum war zwar noch geschlossen, aber Azumi *wusste schon jetzt,* dass sie kam.

Troy staunte längst nicht mehr darüber. Schon bald nach seiner Ankunft im *SPEAR*-Hauptquartier war ihm klar geworden, warum Azumi immer eine dunkle Brille trug: Sie war blind. Azumi selbst meinte, dass diese Behinderung ein Segen sei, weil sie erst ihre Blindsichtigkeit ermöglichte. Das war Azumis besonderes Talent: Sie konnte nicht nur die Welt um sich herum so gut wahrnehmen, dass sie keinerlei Hilfe benötigte, sondern war auch in der Lage, in die Zukunft zu blicken.

Eines Morgens beim Frühstück hatte Azumi ihm erklärt, dass ihre Visionen nicht hundertprozentig genau seien. Mal sah sie nur kurz aufblitzende Bilder, mal lediglich Farben, und manchmal hatte sie sogar einfach nur das Gefühl, dass sich eine Gefahr näherte. Aber wie früher die Kanarienvögel im Bergwerk konnte auch Azumi Gefahren erspüren.

Und tatsächlich ging einen Augenblick später die Tür auf und Medusa streckte ihren stacheligen Kopf herein.

»Besprechungsraum, sofort!«, befahl sie streng und verschwand wieder.

Lennox boxte vor Aufregung in die Luft. »Wir haben eine Mission!«

Das Team rannte hinüber in den Hauptsaal. Als sie sich setzten, fuhr Medusa bereits die Bildschirme über dem Kontrolltisch hoch.

»Wir haben die Information erhalten, dass die *Armee der Freiheit* einen Angriff auf den Hohen Rat von Terminus City plant«, verkündete sie. »Oder genauer gesagt: einen Anschlag auf Bürgermeister Carlos Lomez und seine Tochter Pandora.«

Zwei Hologramm-Fotos erschienen auf den Monitoren über Medusas Kopf. Auf einem war ein hochgewachsener Mann mit silbergrauem Haar und in schmal geschnittenem blauem Anzug zu sehen. Er hätte ebenso gut ein Filmstar sein können. Das zweite Bild zeigte ein Mädchen im Teenageralter mit haselnussbraunen Augen, kunstvoll geflochtenen Haaren und bronzefarbenem Teint.

Lennox rammte Troy den Ellbogen in die Rippen. »Die ist sogar noch schärfer als Jinx aus dem Reaktorraum!«

Das musste auch Troy zugeben. Soweit es auf dem holografischen Bild zu erkennen war, könnte Pandora eines Tages ein Supermodel werden, wenn sie das wollte.

»Unsere Mission besteht darin, Pandora bei der Eröffnung eines *Frischluftparks* im östlichen Teil der Stadt zu beschützen«, erklärte Medusa. Die Bilder von Vater und Tochter verschwanden, stattdessen erschien jetzt eine interaktive dreidimensionale Karte. Medusa zeigte auf eine blaugrüne Kuppel, die sich deutlich von den unzähligen grauen Häuserblocks abhob. »Der Park befindet sich unter der Kuppel. An der Eröffnung kann jedermann teilnehmen, das macht die Sache schwierig. Wir müssen also auf alles achten, was uns ungewöhnlich vorkommt.«

»Gibt es Informationen über die Art des geplanten Angriffs?«, fragte Azumi.

Medusa schüttelte den Kopf. »Nein. Die Methoden der *AF* sind schwer vorhersehbar. Es könnte ein Angriff mit Schusswaffen sein, eine Bombe, ein Laserangriff oder eine chemische Waffe. Und natürlich kann es auch sein, dass uns absichtlich eine Fehlinformation zugespielt wurde. Aber das ist eigentlich egal. Unsere Aufgabe ist klar: Wir müssen Pandora beschützen.«

Lennox hob die Hand: »Darf ich der Teamleiter der Mission sein?«

»Nein, Kasia ist Teamleiterin«, entschied Medusa. Lennox brummelte enttäuscht vor sich hin, aber

Medusa achtete nicht darauf. »Lennox, Joe und Azumi bilden den inneren Verteidigungsring um unsere VIP«, bestimmte sie. »Und Troy wird der Haupt-Bodyguard sein.«

»Ich?«, rief Troy entsetzt. »A-a-aber ich bin doch noch gar nicht bereit für eine Mission!«

Medusa durchbohrte ihn mit ihrem steingrauen Blick. »Mit deinem Talent warst du schon am Tag deiner Geburt bereit.«

10
Das Tattoo

Troy stand rechts hinter Pandora, als sie der jubelnden Menge im Frischluftpark zuwinkte, genau einen Meter entfernt. Im Training hatte man ihm beigebracht, dass dies die optimale Position für einen Bodyguard war. So war er weit genug von ihr entfernt, um sie nicht zu behindern, aber doch nahe genug, um sie bei einer plötzlich auftretenden Gefahr packen und schützen zu können.

Kasia und der Rest des Teams waren in einem lockeren Halbkreis um sie herum positioniert und hielten im Park nach möglichen Gefahren Ausschau. Sie gingen in der Menge der Kinder und Jugendlichen, die zur Eröffnung des Parks gekommen waren, völlig unter, sodass sie niemandem auffielen.

Nun kam auch Pandoras Vater Carlos Lomez in den Park, blieb aber unterwegs immer wieder stehen, um in der jubelnden Menge ein paar Hände zu schütteln. Als Bürgermeister und Vorsitzender des Hohen Rats war er ein außerordentlich wichtiger Politiker; außerdem war er sehr beliebt. Er hatte die Kampagne *Kampf gegen die Angst* gestartet und damit den Menschen neuen Mut gegeben, die sich vor der zunehmend aggressiver auftretenden *AF* und anderen Terrorgruppen fürchteten. Er setzte sich für den Umweltschutz ein und fand mit seiner grünen Politik große Anerkennung, da die Stadt unter starker Luftverschmutzung litt. Der neue Frischluftpark war ein technisches Wunderwerk: eine Kuppel mit fünf Kilometern Durchmesser, die sich über ein Paradies mit saftig grünem Gras, hohen Bäumen, blauen Seen und sauberer, frischer Luft wölbte.

»Troy, konzentriere dich!«, zischte Kasias Stimme aus Troys Ohrstöpsel. »Du sollst die Menge beobachten und nicht Pandora beäugen!«

Troy blinzelte. Er hatte nicht gemerkt, dass er Pandora ständig anstarrte. Vor einer halben Stunde hatte man ihm den Bürgermeister und seine Tochter vorgestellt. Wie immer hatte er vor Schüchternheit kein

Wort herausgebracht. Pandora hatte ihn ein wenig besorgt betrachtet.

»Ich dachte immer, ein Super Bodyguard müsste ein bisschen … größer sein«, sagte sie, hatte aber dann mit fröhlichem Lächeln hinzugefügt: »Na, dann wollen wir einfach mal hoffen, dass uns heute niemand angreift, okay?«

Troy war darauf keine clevere Antwort eingefallen, und so war er einfach wie ein treuer Schoßhund hinter ihr her getrottet.

Nach Kasias Ermahnung konzentrierte er sich wieder auf seine Aufgabe und ließ den Blick über die unzähligen Gesichter schweifen, die sich um Pandora drängelten: Kinder mit glänzenden Augen, lächelnde Mütter, aufgeregte Teenager und jubelnde Väter. Kameras blitzten auf und blendeten ihn, Fotografen versuchten das beste Foto für die Abendnachrichten zu erhaschen. Das Jubeln und Klatschen der Menge verwirrte ihn.

Wie sollte er in dieser riesigen Menge eine Gefahr ausmachen?

Doch plötzlich sah Troy für einen Sekundenbruchteil kurz geschnittene blonde Haare und eine kleine schwarze Tätowierung. Sein Herzschlag setzte kurz aus: Er hätte schwören können, dass er gerade den Terroristen aus dem Shoppingcenter gesehen hatte.

Den Mann, der kaltblütig seine Eltern erschossen hatte.

Oder hatte er sich das nur eingebildet?

Fast jede Nacht wurde Troy von Albträumen geplagt, in denen er den brutalen Mord an seinen Eltern immer und immer wieder erlebte. Jedes Mal wachte er schweißgebadet aus den Albträumen auf, in denen ihn ein gesichtsloses tätowiertes Monster stundenlang durch ein labyrinthähnliches Einkaufszentrum jagte, bis er schließlich die Kugeln in seinen Rücken einschlagen spürte … Troy stellte sich auf die Zehenspitzen, konnte den Mann aber nirgendwo mehr entdecken.

»Ich glaube, ich habe einen *AF*-Terroristen gesehen«, flüsterte er in sein Mikrofon, »den Mann, der meine Eltern getötet hat.«

»Wo?«, fragte Kasia zurück.

»Rechts von mir, ungefähr fünfzehn Meter tief in der Menge«, antwortete Troy.

»Näher an die VIP«, befahl Kasia. Der Verteidigungskreis schloss sich enger um Pandora. »Nimmst du was wahr, Azumi?«

»Negativ«, antwortete Azumi.

»Troy, wie sieht der Verdächtige aus?«, fragte Lennox.

»Blonde Haare, kräftiger Körperbau, ein Tattoo hinter dem linken Ohr.«

»Wir brauchen eine genauere Beschreibung!«, fauchte Kasia gereizt, während sie sich in der Menge umblickte.

»Beschreib das Tattoo«, sagte Joe.

»Äh, es ist … eine Art Strichmännchen, nur ohne Kopf«, sagte Troy zögernd.

»Er meint das Kanji-Symbol für Feuer«, sagte Joe sofort. »Ich habe genau das Tattoo vorhin gesehen. Der Verdächtige ist weiß, einsfünfundachtzig groß, wiegt 86 Kilogramm und ist Mitte dreißig. Er trägt eine Sonnenbrille, ein weißes Baumwollshirt und eine schwere schwarze Jacke mit Kapuze. Das ist ungewöhnlich an einem heißen Tag wie heute, und das bedeutet, dass er darunter eine größere Waffe versteckt haben könnte.«

»Ihr habt gehört, was Joe gesagt hat«, mischte sich nun Medusa in den Funkverkehr ein. Sie saß in einem Überwachungswagen und beobachtete die Situation. »Konzentriert euch.«

Troy ging ein wenig näher an Pandora heran, während er sich in der Menge nach dem Terroristen umblickte.

»Sollen wir die VIP evakuieren?«, fragte Lennox.

»Noch nicht«, entschied Medusa. »Unternehmt nichts, solange wir nicht sicher sind, dass eine echte Gefahr besteht. Ein Fehlalarm wäre eine peinliche Blamage, für den Bürgermeister und auch für SP –«

»Alarmstufe Rot!«, fiel ihr Azumi plötzlich ins Wort. »Ich hatte eine Vision!«

»Kannst du uns Details geben?«, wollte Kasia wissen.

»Nein«, sagte Azumi. »Es war nur eine Farbe – violett. Aber ich glaube, jemand wird sie bald angreifen.«

»Ich sehe ihn nicht«, sagte Troy mit vor Angst zittriger Stimme. »Wo ist er? Er ist verschw…«

Plötzlich drängte sich eine Frau brutal durch die Menge und schleuderte eine Handgranate auf Pandora. Wie versteinert sah Troy die Granate durch die Luft heranwirbeln und auf Pandora zufliegen.

Ich bin kugelsicher, aber doch nicht bombensicher!, schoss es ihm voller Entsetzen durch den Kopf.

Doch im letzten Sekundenbruchteil sprang Kasia vor und riss Pandora aus der Fluglinie der Granate.

Joe, Azumi und Lennox warfen sich über sie, um sie vor der Explosion zu schützen. Die Granate traf Troy mitten auf der Brust und ... platzte. Eine schwarze Flüssigkeit ergoss sich über sein T-Shirt.

Jetzt erst kam Bewegung in die Leibwache des Bürgermeisters.

»Chemiebombe!«, brüllte einer der Bodyguards. Sie packten den Bürgermeister und rannten mit ihm zu einer Limousine, die fahrbereit am Rand des Geländes wartete.

In der Menge breitete sich Panik aus. Zwei Sicherheitsbeamte überwältigten die Frau, welche die Granate geworfen hatte. Kasia und der Rest des Teams stießen Pandora hastig in eine zweite Limousine.

Troy blickte an sich herunter und war überrascht, dass er noch lebte. Schließlich erwachte er aus seiner Erstarrung und sprintete hinter den anderen her; jede Sekunde würde der Wagen mit quietschenden Reifen davonrasen. Aber Troy kam nicht weit: Die Katastrophenschutz-Truppe stellte sich ihm in den Weg.

»Stehen bleiben!«, befahlen die Beamten barsch. Mit vorgehaltener Waffe packten sie Troy und warfen ihn zu Boden.

11
Das Helden-Gen

»Du hast Glück gehabt, Troy. Die Frau gehörte nur zu den Demonstranten; sie war *keine* Terroristin«, sagte Medusa.

Sie hatte das Team zu einer Einsatznachbesprechung im *SPEAR*-Hauptquartier zusammengerufen. »Und noch mehr Glück hattest du, dass die *Granate* nur eine mit Farbe gefüllte Wasserbombe war. Deshalb konnte sie auch vom Körperscanner am Eingang des Parks nicht entdeckt werden.«

Glück? Troy fühlte sich nicht sonderlich glücklich. Man hatte ihn mit einer geladenen Waffe bedroht, ihn dann vollkommen nackt ausgezogen und seine Haut buchstäblich wund geschrubbt. Alles nur für den Fall, dass die schwarze Flüssigkeit eine Chemiewaffe war. Erst später hatten sie herausgefunden, dass es sich um harmlose schwarze Tinte handelte! Aber Kasia und die anderen schienen das noch nicht so recht zu glauben, denn sie hatten ihre Stühle ziemlich weit von seinem Tisch weggerückt.

»Der Bürgermeister lässt euch seinen Dank ausrichten, dass ihr seine Tochter beschützt habt«, fuhr Medusa fort. »Er möchte unsere Dienste gerne auch für die jährliche Spendengala nächstes Wochenende in Anspruch nehmen.«

Eine glitzernde Kugel mit dem roten *TC*, dem Logo des Hohen Rats von Terminus City, schwebte über dem Hologrammtisch.

»Die Spendengala? Das ist doch unser bestbewachtes Großereignis des Jahres, mit Hunderten Sicherheitsbeamten! Wozu braucht er da noch unsere Hilfe?«, fragte Kasia.

»Troy hat heute einen Terroristen gesehen. Wir müssen deshalb davon ausgehen, dass die *AF* eben doch einen Anschlag verüben wollte«, erklärte Medusa. »Nur kam ihnen dann diese Demonstrantin mit ihrer Farbbombe dazwischen und hat damit ihre Pläne durchkreuzt. Das bedeutet aber auch, dass sie es bei nächster Gelegenheit noch einmal versuchen werden.«

Medusa schaltete das Hologramm aus und stieg die Stufen zur Galerie hinauf. Am Ausgang blieb sie noch einmal stehen und drehte sich um. »Gut gemacht, Catchers«, sagte sie. »Und deine Reaktion, Troy, war heldenhaft. Einfach stehen zu bleiben und den Angriff auf dich zu lenken! Alle Achtung!«

Nachdem sich die Türe geschlossen hatte, herrschte eisiges Schweigen. Troy wand sich förmlich, als er merkte, dass alle ihn anstarrten.

»So habe ich das aber nicht in Erinnerung!«, sagte Kasia bissig. Ihr weißes Gesicht war wutverzerrt. »Was war denn eigentlich los mit dir, Troy?«

»Er hatte einen Blackout«, sagte Joe. »Du kennst doch die natürlichen Reaktionen auf einen Angriff – kämpfen, fliehen oder erstarren. Er ist eben erstarrt.«

»Na gut. Aber du kannst eben nicht ständig erstarren, wenn du ein Super Bodyguard werden willst«, sagte Kasia kalt.

»Ich bin eben *kein* Super Bodyguard«, antwortete Troy verlegen und mit tonloser Stimme. Er konnte Kasia nicht in die Augen sehen.

»Ganz genau, bist du nicht!«, blaffte sie ihn an. »Ich musste für dich einspringen! Du hast versagt und damit Pandora und den Rest des Teams in Gefahr gebracht!«

»Sei nicht so streng mit ihm«, sagte Azumi. »Wir machen doch alle mal Fehler.«

»Stimmt, seine Nerven lagen blank, es war sein erstes Mal«, sagte Lennox. »Vergesst nicht, dass er das Mädchen im Einkaufszentrum gerettet hat. Nächstes Mal macht er es bess…«

»Nein, hab ich nicht«, unterbrach ihn Troy.

»Was? Was meinst du damit?«, fragte Lennox verblüfft.

»Ich habe schon versucht, es Medusa zu erklären, aber sie wollte mir nicht zuhören«, erklärte Troy. »Ich wollte einfach nur zum Ausgang rennen, aber dann … bin ich irgendwie … ausgerutscht und plötzlich lag ich auf dem Mädchen. Das war reiner Zufall.«

Kasia und die anderen starrten ihn ungläubig an.

»Natürlich bin ich froh, dass sie überlebt hat, aber ich habe nicht versucht, das Mädchen zu retten«, gab er zu. »Ich habe nur versucht, mich selbst zu retten.« Er ließ vor Scham den Kopf hängen. »Ich bin kein Held, ich bin ein Feigling.«

»Ich hab's mir doch gedacht, der Knabe ist zu gut, um wahr zu sein«, sagte Kasia. Ihre Stimme troff vor Verachtung. »Du bist eine Gefahr für uns, Troy. Du bist vielleicht kugelfest, aber wir anderen sind das nicht!«

Damit stürmte sie die Treppe hinauf und verschwand im Reaktorraum.

Azumi folgte ihr. Als sie an Troy vorbeikam, blieb sie kurz stehen und legte ihm die Hand auf den Arm. »Wir alle haben unsere Talente aus einem bestimmten Grund«, sagte sie. »Du musst nur herausfinden, warum du deins hast.«

Lennox zuckte die Schultern. »Hey, Kumpel, keine Ahnung, warum Kasia deshalb so ausrastet. Ist ja niemand dabei gestorben. Wir sehen uns beim Abendessen, Troy.«

Er flitzte die Treppe hoch, immer zwei Stufen auf einmal nehmend. Nur Troy und Joe blieben zurück. Troy stützte den Kopf in die Hände und starrte zu Boden. »Ich bin vielleicht kugelfest«, sagte er, »aber das heißt doch nicht, dass ich irgendein beschissenes Helden-Gen in mir habe!«

»Stimmt«, grinste Joe. »Hast du nicht.«

»Danke vielmals«, murmelte Troy. »Ausgesprochen hilfreiche Bemerkung.«

»Ich gebe mein Bestes«, sagte Joe. Dann lächelte er. »Hör mal, ich hab mir das Überwachungsvideo aus dem Einkaufszentrum angeschaut. Es war nur logisch, dass du fliehen wolltest. Du wusstest ja noch gar nicht, dass du dieses Talent hast, kugelfest zu sein. Ohne dieses Talent hätte deine Chance, das Mädchen zu retten, unter fünf Prozent gelegen.«

»Verdammt, Joe«, blaffte Troy ihn an, »verschon mich mit deinen Statistiken! Lass mich einfach in Ruhe. Was weißt du denn schon?«

»Alles«, antwortete Joe gelassen. »Mein Talent ist, dass ich alles abrufen kann. Eigentlich ist es nur eines meiner vielen Talente. Im Programmieren bin ich besser als jeder Profi, ich kann mit jedem Spitzenmathematiker mithalten und spiele Klavier auf Profiniveau. Ach, und übrigens: Ich bin autistisch. Autismus wurde ursprünglich als Behinderung angesehen, aber ich empfinde es als eine Gabe. Ich habe ein fotografisches Gedächtnis und kann es jederzeit und sofort abrufen. Ich kann blitzschnell lesen, mit irrer Geschwindigkeit, und dabei 98 Prozent der Informationen im Kopf abspeichern.«

Troy schüttelte verwirrt den Kopf. »Schon gut, okay, du bist ein Genie. Aber was willst du damit sagen, Joe?«

»Dass es kein einzelnes Gen gibt, das einen Menschen zum Helden macht«, erklärte Joe. »Schau nur mal auf die Geschichte der Menschheit zurück: Die meisten Helden waren stinknormale Menschen. Helden wurden sie erst, als sie eine bestimmte heldenhafte Tat vollbrachten.«

»Aber genau darum geht es doch: eine Tat! Ich habe noch nie irgendwas Gescheites getan«, seufzte Troy, »und erst recht nichts Heldenhaftes!« Er sackte noch tiefer in sich zusammen, schier erdrückt vom Gefühl seiner Schande.

»Nein, hast du nicht«, stimmte Joe zu. »Aber nächstes Mal wirst du etwas tun. Du wirst handeln. Du hast das Talent, um ein Super Bodyguard zu sein. Um ein Held zu sein, brauchst du kein besonderes Talent.«

12
Waffe im Anschlag

Wer reich und berühmt war, hatte sich an diesem Abend im Ballsaal der Alten Oper von Terminus City eingefunden. Politiker, Unternehmensbosse und Topmanager der großen Energiekonzerne bildeten mit den VIPs aus Film, Fernsehen und Popmusik ein buntes Völkchen. Zahlreiche Supermodels mischten sich unter die Gäste. Auf der Bühne spielte eine Band Oldtime Jazz, während die Gäste Champagner aus Gläsern schlürften, die in allen möglichen Neonfarben leuchteten und passend zur Musik die Farbe wechselten. Auf schwebenden Büfetts wurden Hummer, Kaviar, Wachtelgelee und ein ganzes Spanferkel am Spieß dargeboten – Speisen, die Troy noch nie zuvor gesehen und erst recht nicht probiert hatte.

Der glamouröse Saal und die köstlichen, aufwändig zubereiteten Speisen waren unverzichtbar, denn das erwarteten die Gäste vom exklusivsten Ereignis des Jahres. Und im Mittelpunkt dieser ganzen Glamourwelt und im Zentrum der Aufmerksamkeit stand: *Pandora*.

In ihrem glitzernden Hosenanzug und mit den großen Diamantohrringen war sie *das* Gesprächsthema des Abends. Aber weil sich so viele Gäste um sie drängelten oder versuchten, in ihre Nähe zu kommen, fiel es Troy sehr schwer, potenzielle Gefahren auszumachen.

Unablässig ließ er den Blick über die Menschenmenge schweifen, die Nerven aufs Äußerste angespannt. Aber das Gespräch mit Joe hatte ihm geholfen; jetzt fürchtete er sich nicht mehr vor einem Angriff. Eher hatte er Angst, dass er wieder nicht rechtzeitig reagieren würde und so nicht nur sein eigenes und Pandoras Leben, sondern auch das der anderen im Team aufs Spiel setzen würde.

Als die Drängelei der Gäste um Pandora ein wenig nachließ, drehte sie sich plötzlich zu Troy um.

»Ich hatte noch gar keine Gelegenheit, mich bei dir zu bedanken«, flüsterte sie ihm zu. »Tut mir echt leid, was ich über deine Fähigkeit gesagt habe, mich zu beschützen. Das war gemein. Du warst total super.«

Troy grinste verlegen. »Eigentlich war es Kasia, die dich gerettet hat.«

Pandora hob die hübsch geschwungenen Augenbrauen. »Bist du immer so bescheiden, Troy? Das gefällt mir.«

Troy spürte, wie er errötete. Er freute sich über das Lob, obwohl er es nicht verdient hatte.

»Mir gefällt auch, dass du nicht dauernd redest«, fügte sie hinzu. »Alle Jungs, die ich kenne, hören nicht auf, über sich selbst zu quasseln. Ständig versuchen sie, mich zu beeindrucken, weil ich die Tochter des Bürgermeistes bin. Du bist anders, Troy.«

Pandora schenkte ihm ein umwerfendes Lächeln und verschwand in der Menge. Troy folgte ihr in diskretem Abstand, blieb jedoch immer nahe genug hinter ihr, um notfalls sofort eingreifen zu können. Bei großen gesellschaftlichen Ereignissen wurden die Gäste schon am Eingang mit Körperscannern überprüft; für Troy bedeutete das, er musste nicht ständig wie eine Klette an seiner VIP hängen.

Troy beobachtete Pandora, die sich völlig natürlich unter den vielen Menschen bewegte, sie begrüßte, zum Lachen brachte und dazu überredete, für die Spendenaktion möglichst tief in die Tasche zu greifen. Er konnte nicht begreifen, dass es Leute gab, die diesem Mädchen wehtun wollten.

Ein junges Model in goldenem Paillettenkleid tänzelte auf ihn zu. »Bist du nicht der geheimnisvolle Junge aus den Nachrichten?«, fragte das Model mit betörendem Lächeln. »Der Pandora gerettet hat?«

Wieder einmal brachte er kein Wort hervor. Das Mädchen deutete sein Schweigen als ein Ja.

»Ich bin Tabitha«, sagte sie und legte die Hand leicht auf seinen Arm. »Willst du mir nicht deinen Namen verraten?«

»Troy«, war alles, was er herausbekam.

Typisch!, dachte er. Bis vor Kurzem hatte er bei Mädchen kein großes Glück gehabt – aber jetzt schien er auf sie geradezu magnetisch zu wirken. Vielleicht hatte es doch seine Vorteile, Super Bodyguard zu sein! Aber so hübsch diese Tabitha auch aussah, Troy war klar, dass er sich auf keinen Fall von seiner Aufgabe ablenken lassen durfte.

»Tut mir leid, aber ich muss gehen«, murmelte er, lächelte ihr freundlich zu und folgte Pandora durch den Ballsaal.

»Wir sehen uns später«, flötete Tabitha und zwinkerte ihm verführerisch zu.

»Hast du dir ihre Nummer geben lassen, Romeo?«, tönte Lennox' Stimme spöttisch aus dem Ohrhörer.

»Äh … nein«, sagte Troy, als er sich wieder neben Pandora positionierte. »Wo bist du?«

»Am Büfett natürlich«, kicherte Lennox. »Der Hummer ist fantastisch …«

»Hör auf, nur mit dem Bauch zu denken, Lennox«, unterbrach ihn Kasia scharf. »Du bist nicht zum Vergnügen hier.«

Troy entdeckte Kasia weiter links. Sie betrachtete eines der Kunstwerke, die heute versteigert werden sollten – die Glasskulptur einer brechenden Welle –, aber Troy wusste, dass sie eigentlich unauffällig den Ballsaal beobachtete, der sich in der Vitrine spiegelte. Als er an ihr vorbeiging, vermied sie den direkten Blickkontakt. Sogar eine Woche danach war sie immer noch sauer auf ihn.

»Hat sich dein Terrorist schon blicken lassen?«, fragte sie über Funk.

»Negativ«, antwortete er.

»Joe, was ist mit dir?«

Joe stand neben der Bühne und tat so, als würde er

der Musik zuhören. »Bisher habe ich drei Männer gesehen, die nach Größe und Körperbau unser Verdächtiger sein könnten«, berichtete er. »Aber keiner hat blonde Haare oder ein auffälliges Tattoo.«

»Vielleicht wurde die *AF* durch die ganzen Sicherheitsmaßnahmen abgeschreckt«, meinte Lennox.

»Freu dich nicht zu früh«, warnte ihn Azumi. »Ich hatte nämlich gerade eine Vision von einem Messer.«

Troy schaute sich noch einmal genau unter den Leuten um, die in Pandoras Nähe standen. »Ich sehe keine Gefahr.«

»Ich auch nicht«, sagte Kasia.

»Azumi, vielleicht hast du das Messer des Kochs gesehen, er fängt gerade an, das Spanferkel anzuschneiden.«

Ein bärtiger Mann mit Kochmütze stand hinter dem Schweinespieß und schärfte eine lange Messerklinge.

»Nein«, antwortete Azumi. »Ich sehe viel rote Farbe. Jemand ist sehr wütend.«

Azumi hatte noch nicht zu Ende geredet, als von der anderen Seite des Saals laute, aufgeregte Stimmen zu hören waren. Eine elegant gekleidete rothaarige

Dame schüttete einem Mann ein Glas Champagner ins Gesicht und stürmte davon.

»Das war wohl falscher Alarm«, sagte Lennox.

Doch im selben Moment sah Troy einen Kellner mit kurzen blonden Haaren auf Pandora zugehen.

»Vielleicht doch nicht«, sagte er hastig. Schnell lief er näher heran, um dem verdächtigen Mann den Weg abzuschneiden. »Verdächtiger Kellner auf 12 Uhr!«

Er wollte dem Verdächtigen gerade in den Weg treten, als Kasia aufschrie: »Der ist es nicht, sondern dein Model im goldenen Kleid!«

Troy wirbelte herum. Tabitha steuerte schnurstracks auf Pandora zu. Kalter Stahl blitzte in ihrer Hand.

Kasia sprang blitzschnell vor und setzte das Mädchen mit einem harten Schlag auf den Druckpunkt ST-9 außer Gefecht. Tabitha klappte zusammen.

»Irgendwas stimmt immer noch nicht«, rief Azumi aufgeregt. »Ich habe eine doppelte Vision! Jetzt sehe ich eine Pistole!«

Troy ließ den Blick ringsum schweifen – und zuckte im selben Moment zusammen: Mit einer schnellen Bewegung schlitzte der Koch den Bauch des Spanferkels noch weiter auf und zog eine Pistole heraus, die dort versteckt gewesen war.

13
Im Kugelhagel

Troy verlor jedes Zeitgefühl. Die Zeit schien stillzustehen. Er sah alles in extremster Genauigkeit, jedes einzelne Detail, als hätte er dasselbe Reflextalent wie Kasia.

Die Pistole aus Keramik, die den Metalldetektoren entgeht …

Die Ruhe, mit der dieser Koch seine Waffe hob und auf Pandora richtete …

Das kurze Zucken des Fingers, als er auf den Abzug drückte …

Troy warf sich nicht bewusst in die Schusslinie; er merkte es nicht einmal. Es war purer Instinkt.

Die Kugel, die für Pandora bestimmt war, traf Troy mitten in die Brust, so brutal wie ein Vorschlaghammer. Doch sofort schoss eine Kraftwelle durch seinen Körper, die tödliche Energie wurde breit über die Haut verteilt – die Kugel konnte nicht eindringen, sodass Troy vor der tödlichen Wunde verschont blieb. Doch die Wucht des Aufpralls war ungeheuerlich und schleuderte ihn wie eine Stoffpuppe zu Boden.

Der Angreifer brüllte vor Wut und feuerte noch einmal, doch Lennox hatte bereits den Tisch mitsamt dem Spanferkel gepackt und rammte ihn nun dem Koch mit aller Kraft gegen die Brust. Der Mann wurde brutal zurückgestoßen und prallte hart gegen die Wand. Die Kochmütze rutschte ihm vom Kopf, blondes, kurz geschnittenes Haar sowie eine Tätowierung, das Kanji-Zeichen für Feuer, kamen zum Vorschein.

Doch die zweite Kugel hatte bereits den Pistolenlauf verlassen, pfiff um Haaresbreite an Pandoras Kopf vorbei und traf die Wellenskulptur. Das unbezahlbare Kunstwerk explodierte förmlich; Tausende Glasscherben schossen in alle Richtungen und verletzten viele der Umstehenden. Gäste schrien, stoben auseinander, versuchten in panischer Angst zu fliehen. Kasia und Azumi packten Pandora an den Armen, nahmen sie zwischen sich und rannten mit ihr zum Ausgang.

Lennox war mit einem Satz über den umgekippten Tisch gesprungen und wollte sich auf den an der Wand liegenden Koch stürzen. Aber der Mann war schnell; er kam in Sekunden wieder auf die Beine, sodass Lennox nur seinen falschen Bart zu fassen bekam. Der Koch riss sich los und floh durch die Schwingtüren in die Küche.

Troy lag wie gelähmt am Boden, der brutale Aufprall der Kugel hatte ihn für ein paar Sekunden bewegungsunfähig gemacht. Doch dann kam er wieder auf die Füße, wirbelte herum und jagte hinter dem Terroristen her.

»Wohin willst du?«, schrie Lennox, der verdutzt bei dem umgestürzten Tisch stand, ein Stück des falschen Barts in der Hand.

Troy presste die Hand auf die schmerzende Brust und keuchte: »Den Mörder meiner Eltern fangen!«

Er jagte in die Küche, aber der Terrorist war nicht mehr zu sehen.

»Troy, es gibt nur einen Ausgang«, kam Joes Stimme aus dem Ohrstöpsel. »Ganz am Ende rechts.«

Tatsächlich hörte Troy eine Tür zuschlagen und

rannte sofort in den hinteren Bereich der Küche, stürmte durch die Tür und fand sich in einem Treppenhaus wieder. Flüchtig sah er eine dunkle Gestalt, die die Treppe hinaufrannte – der Blonde! Troy jagte hinter dem Terroristen her, zwei Stufen auf einmal nehmend. Zum ersten Mal war er Apollo für das grausame, unerbittliche Fitnesstraining dankbar.

Ein paar Stockwerke höher wurde eine Tür zugeschlagen. Troy sprintete die Treppe hinauf, bis er vor einer Stahltür ankam, die auf das Dach des Opernhauses führte. Er warf sich mit der Schulter dagegen, und als sie plötzlich aufschwang, taumelte er in die von unzähligen Neon- und LED-Leuchten erhellte Nacht hinaus.

Dort wartete der blonde Terrorist auf ihn, keine fünf Meter entfernt, das todbringende schwarze Mündungsloch der Pistole zielte auf Troy, der Finger krümmte sich um den Abzug.

Der Schuss knallte; wieder wurde Troy von einer Kugel getroffen und von den Füßen gerissen.

Mit zwei Schritten trat der Terrorist neben ihn. »Du stirbst nicht so leicht, wie?«, sagte er und blickte drohend auf ihn herab.

Über der Schulter des Blonden erschien ein Hubschrauber; blinkende Positionslampen zeigen an, dass er zur Landung ansetzte. Der Terrorist winkte dem Piloten zu.

»Warum … hast du meine Eltern umgebracht?«, presste Troy stöhnend hervor. Mühsam setzte er sich auf.

Der Terrorist legte den Kopf schief und grinste spöttisch. »Oh, oh. Hab ich das?«

»Im Shoppingcenter. Du hast sie einfach erschossen!«

»Der Kampf um die Freiheit verlangt manchmal ein Opfer«, antwortete der Terrorist verächtlich. Er richtete die Waffe auf Troys Kopf. »Kein Sieg ohne Opfer. Jetzt bist eben du dran.«

Er drückte den Abzug durch und erschoss Troy aus nächster Nähe.

Troy wurde auf den Boden zurückgeschleudert.

Für ungefähr zehn Sekunden lag er dort bewusstlos. Doch dann tauchte er aus dem Dunkel seiner Bewusstlosigkeit auf wie aus den Tiefen des Meeres. Er sah den Hubschrauber, der gerade auf dem Dach aufsetzte. Neue Kraft schoss durch Troys Körper. Er musste verhindern, dass der Terrorist entkam! Mit einem wütenden Schrei sprang Troy hoch und schlug mit aller Kraft auf den Oberschenkel des Mannes.

Seine Faust traf genau den Druckpunkt, auf den er gezielt hatte.

Das Bein knickte ein, der Terrorist verlor das Gleichgewicht. Trotzdem versuchte er, noch einmal auf Troy zu feuern, doch der war jetzt in vollem Kampfmodus und schlug auf den Druckpunkt P-2 am Oberarm. Der Terrorist schrie auf vor Schmerzen und ließ die Waffe fallen.

Troy bückte sich blitzschnell und griff nach der Pistole.

»Bist du bereit für das letzte große Opfer?«, fragte Troy. Er richtete die Pistole auf den Mann und legte den Finger auf den Abzug.

»Natürlich«, sagte der Terrorist. Er lächelte und hob ergeben die Hände. »Aber du musst wissen, dass auch ich nur Befehle befolge. Ich bin die Waffe in der Hand eines anderen. Du solltest mal darüber nachdenken, wer *wirklich* auf den Abzug drückt.«

Ein Schuss krachte. Der Terrorist brach direkt vor Troys Füßen zusammen, eine Kugel mitten im Herzen.

Wie erstarrt stand Troy auf dem Dach des Opernhauses und beobachtete den Hubschrauber, der wieder abhob und in der Nacht verschwand.

14
Super Bodyguard

»Gut gemacht, Super Bodyguards!«, sagte Medusa, als sie am nächsten Morgen den Aufenthaltsraum im Hauptquartier von *SPEAR* betrat.

Troy und die anderen Teammitglieder waren von den Ereignissen am Vortag noch völlig erschöpft. Müde hingen sie in den Sesseln und tranken Smoothies als zweites Frühstück.

»Bürgermeister Lomez hat mir aufgetragen, euch seinen herzlichsten Dank auszurichten«, fuhr Medusa fort. »Auch Pandora dankt euch. Sie möchte, dass Troy ab sofort ihr persönlicher Super Bodyguard wird.«

»*Wow!*« Lennox rammte Troy den Ellbogen in die Rippen. »Wie blöd muss man sein, um so viel Glück zu haben?«

»Das nennst du Glück? Eine VIP zu beschützen, auf die ständig geschossen wird?«, gab Troy zurück. Sein Kopf dröhnte immer noch vor Schmerzen, und die Stelle, an der die Kugel gegen seine Brust geprallt war, brannte wie Feuer.

»Der Terrorist ist tot«, sagte Medusa. »Ich denke, die *AF* wird es sich jetzt sehr genau überlegen, ob sie die Tochter des Bürgermeisters noch einmal zu kidnappen versucht. Oder überhaupt irgendein Mitglied des Hohen Rats.« Sie richtete die steingrauen Augen auf Kasia. »Und noch etwas: Sicherlich wirst du dich freuen, Kasia, dass dieses Model, das du niedergeschlagen hast, nicht vorhat, dich dafür anzuzeigen.«

Medusa drehte sich abrupt um und stakste auf ihren hohen Stilettos aus dem Raum.

»Warum macht sie mir Vorwürfe?«, beschwerte sich Kasia. »Gut, okay, dann war das Model eben keine Terroristin! Aber welcher Idiot fuchtelt denn schon mit einem Taschenspiegel herum, der die Form eines Dolchs hat?«

»Das war eigentlich meine Schuld«, sagte Azumi. »Die Doppelvision hat mich verwirrt.«

»Wir machen alle mal Fehler«, sagte Troy, wobei

ihm einfiel, dass Azumi letzte Woche genau dasselbe gesagt hatte.

Kasia seufzte. »Ja, das stimmt wohl. Tut mir echt leid, dass ich an dir gezweifelt habe, Troy.«

»Jetzt bist du ein echter Held«, sagte Joe. Er blickte von seinem Computer auf, mit dem er gerade ein neues Spiel programmierte. »Und nicht nur ein Held aus Versehen.«

Troy lachte. »Du findest doch immer eine knackige Formulierung, Joe.« Er griff in die Hosentasche und zog ein Foto seiner Eltern heraus. Troy hoffte, dass sie stolz auf ihn waren und dass sie ihren Frieden finden würden – jetzt, da ihr Mörder tot war.

Lennox beugte sich zu ihm herüber und flüsterte: »Was ich dich noch fragen wollte, Troy: Hast *du wirklich* den Terroristen umgenietet?«

Troy schüttelte den Kopf. »Nein, das war nicht ich. Ich bin doch kein Killer! Ich bin ein Super Bodyguard!«

Der Angriff

15
Der Auftrag

IN NAHER ZUKUNFT

Troy wartete geduldiger, als es jeder echte Boyfriend tun würde, bis Pandora sämtliche glamourösen Designerklamotten und Kleiderständer in der Boutique durchstöbert hatte. Er gab sich allerdings nicht der geringsten Hoffnung hin, dass sich dieses Mädchen jemals in ihn verlieben würde. Mit ihrem tiefschwarzen Haar und ihrem bronzefarbenen Teint war Pandora eine Schönheit – und außerdem die einzige Tochter des mächtigsten Mannes der Stadt: Carlos Lomez, Bürgermeister und Vorsitzender des Hohen Rats von Terminus City. Pandora war für Troy so unerreichbar, als würde sie auf dem Mars leben.

Troys einzige Aufgabe war es, sie vor tödlichen Kugeln zu schützen.

Er ließ den Blick durch die Edelboutique schweifen. Unter den Kunden entdeckte er ein platinblondes Mädchen. Es schien sich für ein Seidentop zu interessieren. In Wirklichkeit beobachtete es mit scharfem Blick die anderen Kunden im Laden.

Das blonde Mädchen hieß Kasia und gehörte wie Troy zum Team der Super Bodyguards. Das ganze Team hatte den Auftrag, die Tochter des Bürgermeisters zu schützen.

Draußen, direkt vor den großen Glastüren der Boutique, lungerte ein kräftig gebauter Junge herum, mit Oberarmen wie ein Gewichtheber-Champion: Lennox – der Muskelprotz des Teams.

Es gab keinerlei Anzeichen, dass eine Gefahr drohte. Trotzdem waren Troys Nerven bis aufs Äußere angespannt. Seit seine Eltern bei einem terroristischen Angriff in einem Shoppingcenter getötet worden waren, hasste er Einkaufszentren. Inzwischen war schon fast ein Jahr vergangen, aber der Schmerz saß immer noch tief.

Während er nach möglichen Gefahren Ausschau hielt, erhaschte er einen Blick auf sein eigenes Spiegelbild. Groß gewachsen, blass, kurzes dunkles Haar, etwas schlaksig. Aber definitiv nicht mehr der schmächtige Junge, der er noch vor einem Jahr gewesen war. Monatelanges, härtestes Bodyguard-Training hatte ihm eine Menge prächtiger Muckis verschafft und ihn so fit gemacht wie noch nie in seinem Leben.

»Was meinst du zu dem hier?«, fragte Pandora. Sie hielt ein rubinrotes Kleid vor ihren schlanken Körper.

Troy konnte sie nur wortlos anstarren. Sein Selbstbewusstsein war zwar gewachsen, aber Mädchen gegenüber brachte er manchmal immer noch keinen Ton heraus. Besonders wenn sie so hübsch wie Pandora waren. »Äh … doch, ganz nett«, murmelte er schließlich.

Pandora lachte. »Fällt dir nichts Besseres ein? Das hast du jetzt bei allen Klamotten gesagt, die ich dir gezeigt habe!«

Sie ging zur Kasse, bezahlte für das Kleid und ein paar andere Teile und schlenderte aus dem Laden. Lennox setzte sich an die Spitze der Formation. Troy ging nahe an Pandoras rechter Seite und Kasia folgte ihnen mit einem Meter Abstand auf der linken Seite.

Eine Variante der klassischen *Keilformation* beim Personenschutz. Damit war Pandora von allen Seiten geschützt.

»Sind auf dem Weg zum Nordausgang«, flüsterte Kasia in ihr Mikrofon. Troy hörte Joes Antwort im Ohrstöpsel. Joe war ihr Funkkontakt im Kommunikationszentrum im *SPEAR*-Hauptquartier. »Voraussichtliche Ankunft Transport: eine Minute.«

Troys Nerven waren aufs Äußerste angespannt. Beim Transport mit einem Fahrzeug war das Ein- oder Aussteigen immer ein besonders gefährlicher Augenblick – die zu schützende Person war dann für kurze Zeit angreifbar.

Pandora und ihre Super Bodyguards kamen gerade beim Ausgang an, als die Limousine am Bordstein anhielt.

Die Glastüren des Shoppingcenters glitten auseinander. Lennox trat allein auf den Gehweg hinaus und blickte sich rasch um. Sein Blick blieb kurz an einem Mann haften, der laut in sein Handy sprach. Doch dann winkte Lennox die anderen heraus.

Troy führte Pandora über den Gehweg. Lennox öffnete die Hintertür der Limousine. Während Pandora einstieg, hielt Troy in alle Richtungen Ausschau nach möglichen Gefahren. Der Mann mit dem Handy hatte sein Gespräch beendet und kam auf sie zu. Kasia trat einen Schritt vor und blockierte seinen Weg. Der Mann mochte harmlos sein, aber sie konnten das Risiko nicht eingehen.

Pandora merkte nichts von den möglichen Gefahren und setzte sich mit ihren Einkaufstaschen auf den Rücksitz.

»Das war einfach«, sagte Lennox mit einem erleichterten Grinsen. Er wollte gerade die Tür schließen, als das Vorderrad der Limousine platzte. »Was zum Teufel …?«, rief er. »Wir haben einen Platten …«

Troy blickte nach oben. Auf dem Dach eines Gebäudes weiter unten an der Straße blitzte etwas kurz im Sonnenlicht auf. Lennox stieß einen Schrei aus und brach zusammen.

Ausgerechnet in diesem Moment stieg Pandora wieder aus dem Wagen. »Ich habe meine Geldbörse im Laden liegen gelassen«, sagte sie.

»Nein!«, schrie Troy. Doch Pandora hatte sich bereits ein paar Schritte vom schützenden Auto entfernt.

Er sprang vor, um Pandora mit seinem Körper zu schützen … und spürte eine Kugel in seinen Rücken einschlagen. Dann eine zweite. Der Aufprall der Kugeln nahm ihm den Atem. Troy schlug hart auf dem Bürgersteig auf.

Eine Sekunde später stürzte auch Pandora neben ihm zu Boden. Mitten auf ihrer Stirn war ein Einschussloch.

16
Bodyguard-Training

Troy starrte in Pandoras leblose Augen, von Verzweiflung überwältigt. Er sollte sie beschützen und hatte versagt.

Pandoras Gesicht flackerte, leuchtete kurz auf und verschwand.

Auch die Straßenszene und die Limousine lösten sich in Luft auf, bis nur noch der große Raum mit der Kuppeldecke zu sehen war. Die Wände strahlten in sanftem Weiß und ein leises Summen war zu hören. Die Simulation im Reaktorraum war zu Ende.

Troy zwang sich, gleichmäßig zu atmen, und stand langsam auf. Zusammen mit Kasia und dem noch leicht benommenen Lennox trat er in den Kontrollraum.

»Du hast Glück, dass du kugelsicher bist, Troy«, meinte Azumi. Sie hatte ihr langes Haar zu einem Pferdeschwanz gebunden und ihre Augen waren wie immer hinter einer dunklen Sonnenbrille verborgen.

»Ja, er schon«, stöhnte Lennox und rieb sich den Hinterkopf, wo ihn eines der Gummigeschosse getroffen hatte. »Aber ich bin es nicht!«

»Dafür bist du superstark. Ein bisschen Schmerzen hältst du schon aus«, lachte Kasia.

Lennox kniff misstrauisch die Augen zusammen. »Und warum hast du keine Kugel abgekriegt?«

»Superschneller Reflex, Baby«, sagte sie und zwinkerte ihm spöttisch zu.

Sie alle besaßen außergewöhnliche Talente, und diese besonderen Fähigkeiten waren der Grund, dass sie von *SPEAR*, einer streng geheimen Schutzagentur, unter Vertrag genommen worden waren. Troy war kugelsicher. Lennox hatte das Herkules-Gen, das ihn um 50 Prozent stärker machte als noch den stärksten Mann. Azumi hatte Blindsichtigkeit, die es ihr ermöglichte, in die Zukunft zu blicken und vor Gefahren zu warnen. Und Kasia konnte durch ihr Reflextalent sechsmal schneller reagieren als ein normaler Mensch.

Bevor sich Lennox setzen konnte, hatte Kasia schon den einzigen freien Stuhl im Raum in Beschlag genommen.

»Du bist einfach zu lahm!«, lachte sie, legte die Beine auf den Kontrolltisch und lehnte sich zurück.

Joe beugte sich vor und fegte ihre Füße vom Tisch, die ihm den freien Blick auf den Monitor versperrten, auf dem jetzt die Auswertung der Simulation erschien. Er war ein schmächtiger, blasser Junge mit eckiger Brille und sah genau so aus, wie man sich einen Computerfreak vorstellte.

»Also: Wie waren wir?«, fragte Kasia und legte ihre Füße zurück auf den Tisch.

Joe runzelte die Stirn. »Beschissen. Eure Schutzbefohlene ist tot. Ihr habt versagt.«

»Schon klar«, sagte Kasia unbekümmert. »Aber haben wir ein paar Punkte bekommen?«

»Eigentlich habt ihr keinen einzigen Punkt verdient, weil euer Kunde getötet wurde«, sagte Joe. Trotzdem musterte er die Ergebnisse. »Das Team hat sich anfangs gut geschlagen. 98 % für die Überwachung in der Boutique. 95 % für die Bewachungsformation bis zum Ausgang. 62 % für die Observierung auf der Straße. 30 % für den Transfer zur Limousine …«

»Warum stürzt das Ergebnis so plötzlich ab?«, wollte Troy wissen.

»Weil keiner von euch nach oben geschaut hat, als ihr Pandora vom Eingang zur Limousine begleitet habt. Ihr alle habt euch nur auf die offensichtliche Gefahr konzentriert – den Mann mit dem Handy. Und kaum saß Pandora im Auto, ließ eure Aufmerksamkeit auch schon schlagartig nach. Den Scharfschützen auf dem Dach habt ihr Vollpfosten komplett übersehen.«

Troy erinnerte sich an das kurze metallische Aufblitzen im Sonnenlicht. Ein Lichtstrahl, der sich ganz kurz auf der Linse des Zielfernrohrs gespiegelt hatte!

»Aber können wir denn überhaupt jemals einen Scharfschützen entdecken?«, fragte Lennox.

»Nein, könnt ihr nicht«, antwortete Joe. »Deshalb sind sie ja so tödlich.«

Lennox warf frustriert die Hände in die Luft. »Dann hatten wir also gar keine Chance?«

Joe zuckte die Schultern. »Genau genommen hattet ihr keine. Solche Profischützen tarnen sich gut. Sie suchen sich ihre Schussposition mit größter Sorgfalt, meistens greifen sie aus großer Entfernung an. Erst wenn sie den ersten Schuss abgegeben haben, hat man überhaupt eine Chance, sie zu lokalisieren. Natürlich ist es dann meistens schon zu spät.«

»Willst du damit sagen, dass wir einen Scharfschützen niemals ausschalten können?«, fragte Kasia.

Joe öffnete ein Foto auf dem Computerbildschirm, das einen Mast zeigte, aus dem mehrere Mikrofone in unterschiedliche Richtungen herausragten. »Das ist ein Schussortungssystem. Es wurde für militärische Zwecke entwickelt. Man kann damit die Position eines Scharfschützen orten. Die Mikrofone nehmen den Knall aus der Gewehrmündung und die akustische Schockwelle der Kugel auf und geben die Daten an einen Computer weiter. Und der berechnet daraus die Richtung, woher der Schuss kam. Aber das Gerät muss auf einem Fahrzeug montiert werden, es ist höllisch schwer. Und außerdem sehr teuer.« Joe zuckte die Schultern. »Die andere Möglichkeit wäre ein Hund.«

»Ein Hund? Echt jetzt?«, fragte Azumi zweifelnd.

Joe nickte. »Trainierte Hunde können am Geräusch der Kugel erkennen, in welcher Richtung sich der Scharfschütze befindet. Während des Vietnamkriegs gab es einen berühmten Hund, der über hundert feindliche Schützen enttarnt hat, indem er sich immer mit dem Kopf in die Richtung legte, wo der Scharfschütze lauerte. Er hatte sozusagen Kugelohren, deshalb nannten sie ihn *Bullet Ears*.«

»Nur blöd, dass keiner von uns ein Hund ist, wie?«, warf Lennox ein.

»Du bist dicht dran«, witzelte Kasia, »du riechst jedenfalls wie eine Bulldogge!«

Lennox schnüffelte in ihre Richtung. »Dann wärst du ein Schlittenhund! Und Azumi ein Pekinese.«

»Ich komme aus Japan, du Hirni, nicht aus China!«, gab Azumi giftig zurück.

»Was ist da der Unterschied?« Lennox zuckte die mächtigen Schultern. »Troy hat polnische Wurzeln und kommt mir trotzdem wie ein deutscher Dackel vor!«

Troy verdrehte die Augen. »Ich lach mich tot, Lennox.« Er wandte sich wieder an Joe. »Was wäre denn die klügste Taktik, wenn wir es mit einem Scharfschützen zu tun haben?«

»Na, am besten gehst du erst einmal in Deckung, falls du überhaupt noch lebst. Und dann solltest du natürlich so schnell wie möglich aus der Todeszone abhauen. Aber die beste Verteidigung wäre, es gar nicht erst so weit kommen zu lassen. Ein Vorabsicherheitsteam sollte den Ort schon vorher genau überprüfen. Auf allen Gebäuden und Dächern sollten Sicherheitskräfte positioniert werden. Je mehr Augen und Ohren es gibt, desto besser. Aber das erfordert einen großen Aufwand an Kosten und Personal.«

Troy schüttelte erstaunt den Kopf. »Woher weißt du das alles?«

Joe schaute ihn mitleidig an. »Wie oft muss ich dir das noch erklären? Ich kann mir 98 Prozent aller Informationen merken, die ich lese und sehe. Das habe ich … «

Troy hob beide Hände und grinste. »Ja, ja, schon gut – ich weiß … deinen autistischen Superkräften zu verdanken!«

Die Tür glitt auf und eine Frau kam in den Kontrollraum. Ihr platinweiß gefärbtes Haar trug sie in einer punkig-gepflegten Stachelfrisur, kombiniert mit einem silbergrauen Business-Hosenanzug und High Heels. Medusa war die Leiterin von *SPEAR*. Ihr ernster Gesichtsausdruck zeigte, dass sie keine guten Nachrichten brachte.

»Der Scharfschütze hat wieder zugeschlagen.«

17

Der Richter

Die großen Glastüren des neuen Krankenhauses glitten auseinander. Eine kleine, energische Frau mit brauner Bobfrisur und vernünftigem Schuhwerk kam heraus. Leutselig winkte sie der Menge zu, die sich zur Eröffnung der neuen Klinik versammelt hatte – doch dann zuckte sie plötzlich zusammen und sackte zu Boden. Sofort breitete sich eine große Blutlache um ihren Kopf aus.

Troy starrte entsetzt auf den Monitor. Auch die anderen Super Bodyguards saßen fassungslos im großen runden Besprechungsraum. Der Bildschirm über dem Hologrammtisch zeigte die Szene in allen Details.

»Anna Karter ist bereits das dritte Mitglied des Hohen Rats, das in den letzten drei Monaten einem

Attentat zum Opfer fiel«, sagte der Reporter, der live vom Tatort berichtete. »Anscheinend kann sich in Terminus City niemand mehr sicher fühlen.«

Das Bild wechselte zurück ins Fernsehstudio. Eine blonde Moderatorin begrüßte den ernst dreinblickenden Kommandeur der Polizei- und Sicherheitsdienste der Stadt.

»Lässt uns Ihre Polizei im Stich, Kommandant Hanz?«, begann die Moderatorin das Interview.

»Selbstverständlich nicht!«, blaffte er sie gereizt an. »Zur Eröffnungsfeier des Krankenhauses hatten wir unsere Beamten in einem Umkreis von drei Straßenblocks in Stellung gebracht!«

Er tippte mit dem Zeigefinger auf eine Anzahl grün leuchtender Punkte auf einem interaktiven digitalen Stadtplan.

»Aber dort war der Scharfschütze doch gar nicht!«, widersprach die Moderatorin. »Er stand auf der Plattform dieses Mobilfunkmasts hier, weit außerhalb Ihrer Sicherheitszone!« Sie tippte auf die Stelle und ein roter Punkt leuchtete auf, fast am Rand des Stadtplans.

»Die Chance, aus dieser Entfernung ein bewegliches Ziel zu treffen, ist eins zu einer Million!«, bellte der Kommandant wütend. »Niemand hätte solch einen Angriff vorhersehen oder verhindern können! Wir haben es hier mit einem professionellen Scharfschützen zu tun! Wir gehen davon aus, dass er ein ehemaliger Elitesoldat ist.«

Die Moderatorin nickte nur und wandte sich mit grimmiger Miene wieder der Kamera zu. »Also ein Profi-Killer. Das ist eine beunruhigende Entwicklung in unserem Kampf gegen den Terrorismus. Und auch zu diesem jüngsten Anschlag hat sich der Anführer der *Armee der Freiheit*, der sogenannte *Richter*, bekannt. Er hat unserem Sender ein entsprechendes Video übermittelt.«

Auf dem Bildschirm erschien nun ein Mann, der eine lange schwarze Robe und eine Art Janusmaske trug – eine Maske, die aus einer weißen, grinsenden Hälfte und einer schwarzen, weinenden bestand.

»Ich bin euer Richter und Henker in einer Person!«, verkündete der Mann mit rauer, heiserer Stimme. »Terminus City kennt keine Moral! Der Hohe Rat ist korrupt! Der Bürgermeister ist ein Dieb und ein Lügner!«

Er hielt einen kleinen Hammer aus Holz in die Kamera. »Das Urteil lautet: Tod!«

Der Vermummte schlug mit dem Hammer auf einen kleinen Holzblock, der vor ihm auf dem Tisch lag. Es knallte wie ein Schuss.

Der Richter fuhr fort. »Meine *Armee der Freiheit* wird diese Stadt zerstören und im Namen Gottes wiederaufbauen.« Er drehte den Kopf so, dass nur die lachende Seite in die Kamera blickte. »Nur wer glaubt, wird weiterleben.«

Dann drehte er den Kopf, sodass die düstere Gesichtshälfte mit der einzelnen schwarzen Träne zu sehen war. »Die Ungläubigen und Sünder werden sterben.«

Kalte Wut ballte sich in Troys Magen zusammen. Seine Eltern waren weder Ungläubige noch Sünder – nein, sie waren gute Menschen gewesen. *Unschuldig*. Sie hatten einfach nur ihr Leben gelebt. Ihr einziges *Verbrechen* war, zur falschen Zeit am falschen Ort zu sein, nämlich genau an dem Tag ins Einkaufszentrum zu gehen, an dem die Terroristen den Anschlag verübten und sie eiskalt niederschossen.

Ihr Tod war der Grund dafür, dass Troy ein *Super Bodyguard* wurde.

Früher hätte er sich niemals vorstellen können, Bodyguard zu werden. Er war nicht zum Helden geboren – ganz anders als Kasia. Aber was passiert war, hatte ihm die Rolle aufgezwungen. Und jetzt, nachdem Troy das Video dieses selbst ernannten *Richters* gesehen hatte, war er noch entschlossener als zuvor, die Terroristen auf ihrem irrsinnigen Feldzug zu stoppen.

Auf das Bekennervideo des Richters folgte ein weiterer Filmbericht. Ein braun gebrannter Mann mit dunklen Augenbrauen, kantigem Kinn und silbergrauem Haar erschien auf dem Bildschirm: das ruhige, Vertrauen erweckende und befehlsgewohnte Gesicht von Bürgermeister Lomez.

Der Bürgermeister stand am Rednerpult im Pressesaal des Stadthauses. »Wir werden uns dem Terror der *AF* nicht beugen!«, donnerte er vor den versammelten Journalisten und schlug zur Bekräftigung mit der Faust aufs Rednerpult. »Die Drohungen des Richters machen mir keine Angst. Sie sollten auch Ihnen keine Furcht einjagen! Gemeinsam werden wir den Kampf gegen den Terror und die Angst gewinnen!«

Er deutete auf ein großes Banner, das einen Schutzschild zeigte, auf dem der Wahlspruch *Kampf gegen die Angst* eingraviert war.

»Der Hohe Rat hat verschärfte Sicherheitsmaßnahmen in Kraft gesetzt«, fuhr Lomez fort. »Einhundert zusätzliche Flugdrohnen werden ständig über der Stadt kreisen. Dreißig zusätzliche bewaffnete Polizeieinheiten werden durch die Straßen patrouillieren. Die Onlineüberwachung wird drastisch erweitert. In dieser Stadt werden die Terroristen kein Versteck mehr finden, kein Loch, in das sie sich verkriechen, kein Dach, von dem sie schießen können, und keinen Computer, um ihre Hassmails zu verbreiten.«

Nun blickte der Bürgermeister direkt in die Kamera. »Als Ihr Bürgermeister gebe ich Ihnen mein Ehrenwort, unsere Stadt vor diesen Terroristen zu schützen, die sich hinter Masken verstecken, weil sie zu feige sind, ihre Verbrechergesichter offen zu zeigen!«

Medusa schaltete das Hologramm aus und wandte sich wieder an das Team.

»Ich nehme an, mit dieser Rede hat er sich seinen Posten als Bürgermeister für weitere vier Jahre gesichert«, sagte sie und hob eine Augenbraue. »Und das bedeutet, dass seine Tochter weiterhin ein Hauptangriffsziel der Terroristen ist. Eure Aufgabe als Super Bodyguards ist wichtiger denn je.«

18
Zanshin-Modus

»Ich sterbe!«, keuchte Troy.

»HÖR AUF ZU JAMMERN!«, brüllte Apollo. Ihr Fitness- und Kampftrainer war ein Schrank von einem Mann, ein einsfünfundachtzig großer Muskelberg und ständig äußerst schlecht gelaunt. Die einzige Unterstützung, die er Troy anbot, war einer seiner Lieblingssprüche: »SCHMERZEN SIND NUR DER BEWEIS, DASS DU NOCH LEBST!«

Troy schleppte den schweren Medizinball zum zehnten Mal zur anderen Seite des Fitnessraums. Seine Beine fühlten sich butterweich an, die Arme schmerzten und das Herz schien ihm aus der Brust springen zu wollen. Er durfte nicht mal Fitnesspillen nehmen, die ihm hätten helfen können, dieses knochenharte, unerbittliche Trainingsprogramm durchzustehen.

»Na, geht doch!«, kommentierte Apollo befriedigt. »Nächste Station, aber dalli!«

Troy ließ den Medizinball fallen, der dumpf aufprallte und wegrollte. Müde stolperte er zu einer Matte und begann mit der Kombination aus Liegestützen, Sternsprüngen und Liegestützsprüngen. Lennox joggte mit Joe auf dem Rücken an ihm vorbei. Der Schweiß floss ihm in Strömen über die dunkle Haut.

»Ich schmelze«, beschwerte sich Lennox, nachdem er noch einmal den Raum umrundet hatte.

Auch dafür hatte Apollo einen passenden Spruch parat. »Schweißtropfen sind nur Tränen, die dein Fett weint!« Er tat so, als wollte er Lennox in den Hintern treten. »Beweg dich!«

Lennox stolperte weiter. Wenn sich ein bärenstarker Typ wie Lennox kaum noch auf den Beinen halten konnte, dann hatte er selbst wohl keine Chance, das war Troy klar. Mit jedem Liegestützsprung wurde ihm noch schwindliger.

»Eure Talente verschaffen euch bei einem Angriff vielleicht einen Vorteil, aber sie retten eurem Schützling nicht das Leben – und euch selbst auch nicht!«, verkündete Apollo, während er noch weitere Gewichte auf Kasias Hantelpresse schob. »Superkräfte nützen rein gar nichts, wenn ihr zur falschen Zeit am falschen Ort seid. Deshalb müsst ihr im Einsatz topfit sein!«

Dann erhöhte er den Widerstand auf Azumis Fahrradtrainer um zwei Stufen und brüllte sie an, schneller zu treten.

»Drei Faktoren beeinflussen deine Chancen bei einem Angriff«, verkündete Apollo weiter. »Reaktion, Reflex und Schnelligkeit. Im Reaktorraum könnt ihr eure Reaktions- und Reflexzeiten verbessern. Aber die Schnelligkeit eurer Bewegungen könnt ihr nur durch harte Arbeit im Fitnessraum steigern. Dort zeigt sich, wie schnell sich eure Muskeln zusammenziehen, wie schnell euer Konterschlag kommt und wie schnell ihr euch aus der Gefahrenzone bewegt.«

Ohne Vorwarnung schoss seine eiserne Faust vor und landete in Troys Magengrube. Troy klappte wie ein Taschenmesser zusammen, fiel auf die Matte und rang keuchend um Atem.

»Troy, du kannst vielleicht Kugeln abfangen, aber

meiner Faust hast du nichts entgegenzusetzen!«, knurrte Apollo mit einem verächtlichen Kopfschütteln.

Vor Schmerz stiegen Troy die Tränen in die Augen. »Warum … müssen Sie immer so … hart zuschlagen?«, keuchte er.

»War einer meiner sanftesten Schläge«, grinste Apollo. »Ich habe dir gerade eine sehr wichtige Lektion erteilt: Aktion schlägt Reaktion. Das gilt jedes Mal. Steh nicht rum und warte, bis dich jemand angreift. Beweg dich!«

»Aber …«, keuchte Troy, »woher hätte ich wissen sollen, dass Sie mich schlagen werden?«

Apollo zog ihn auf die Füße. »Du hättest im Zanshin-Modus sein sollen.«

»*Zanshin?*« Kasia blickte Apollo fragend an und setzte sich auf der Hantelbank aufrecht.

Apollo verdrehte die Augen. »Azumi, belehre diese Nichtswisser.«

Azumi hörte auf zu treten. »Zanshin … heißt wörtlich übersetzt … *ausgeglichener Geist*«, stieß sie keuchend hervor. »Damit ist der Zustand der … Wachsamkeit und Konzentration gemeint, und zwar … von Körper und Geist.«

»Als Super Bodyguards müsst ihr immer bei klarem Verstand sein«, fügte Apollo hinzu. »Ständig müsst ihr auf potenzielle Feinde und euer Umfeld achten. Ein altes Kriegersprichwort sagt: *Auch wenn der Kampf vorüber ist, halte immer die Hand am Schwert.*«

»Aber ich hab doch gar kein Schwert!«, sagte Lennox und setzte Joe auf dem Boden ab.

Apollo schüttelte den Kopf und brummte: »Du kapierst wohl gar nichts, wie? Der Spruch soll euch daran erinnern, dass ihr auch nach dem Ende eines Einsatzes immer aufmerksam bleiben müsst. Natürlich denkt jeder, dass die Gefahr vorbei ist, was aber in Wirklichkeit meistens nicht der Fall ist.«

Plötzlich zog Apollo eine Pistole und zielte genau auf Troys Stirn.

Doch dieses Mal reagierte Troy rechtzeitig. Im Verlauf der letzten Monate hatte ihr Trainer mit ihnen alle möglichen Entwaffnungstechniken so intensiv geübt, dass sie diese fast im Schlaf beherrschten. Troy schlug blitzschnell mit einer Hand gegen den Lauf der Pistole und ließ die andere auf Apollos Handgelenk krachen, sodass dieser die Waffe fallen lassen musste.

Der Schuss löste sich zwar, aber die Kugel zischte an Troy vorbei.

»Gute Reaktion, Troy!«, sagte Apollo anerkennend. »Schade, dass du dabei Kasia umgenietet hast.«

Troy drehte sich schnell zu Kasia um, die ihn mit vor Wut blitzenden Augen anstarrte. Die Farbpatrone hatte sie mitten auf die Stirn getroffen. Grellrote Farbe lief ihr über die schneeweiße Haut und das platinblonde Haar.

»Rot-weiß«, murmelte Troy und grinste sie schuldbewusst an, »die polnischen Nationalfarben. Sieht total cool aus.«

19
Der Scharfschütze

»Traut euch! Zeigt allen, wie stark ihr seid!«, brüllte der Schausteller und winkte das Super-Bodyguard-Team zu seinem Stand, damit sie ihre Kraft am *Hau den Lukas* messen konnten.

Jeff hatte Pandora zur Kirmes eingeladen. Jeff war der Sohn von Mr Drayton, einem Mitglied des Hohen Rates. Seine gesamte Familie hatte sich angeschlossen. Mr Drayton hatte sich einen Panamahut aus Stroh gekauft und trug ihn nun voller Stolz, umringt von zahlreichen bewaffneten Bodyguards in schwarzer Kampfmontur.

Neben diesen Gorillas vom Sicherheitsdienst fielen Troy und die anderen Super Bodyguards, die Pandora beschützten, überhaupt nicht auf. Sie sahen aus wie all die anderen Kinder und Jugendlichen, die über den altmodischen Jahrmarkt schlenderten.

Es gab Autoskooter, Karusselle, Rutschbahnen, ein Riesenrad, zahlreiche Buden, Stände für Zuckerwatte und eine Unmenge von Kindern und Jugendlichen, die auf den Achterbahnen kreischten. Es herrschte unglaublicher Lärm, Chaos und Gedrängel. Man konnte sich kaum einen schlimmeren Ort vorstellen, um jemanden zu beschützen.

»Auf geht's! Hier zeigt sich, ob ihr Männer seid oder Weicheier!«, röhrte der Schausteller. »He, Jungs! Will denn keiner von euch diese hübsche junge Dame beeindrucken?« Dabei zwinkerte er Pandora zu.

Jeff trat vor und gab dem Schausteller das verlangte Geld. Dann nahm er den Holzhammer. Mit einer schwungvollen Handbewegung schob er sich die blonden Haare aus dem Gesicht und sagte zu Pandora: »Jetzt zeig ich dir, wie das gemacht wird.«

Er holte weit aus und hieb den Holzhammer mit aller Kraft auf den Federkopf. Der Bolzen schoss in den Turm hinauf … stoppte kurz vor der Glocke … und sauste wieder herab.

»Nächstes Mal hast du mehr Glück!«, sagte der

Schausteller mit breitem Grinsen. »Möchtest du es noch mal probieren?«

»Nö«, sagte Jeff. Seinem mürrischen Tonfall war anzuhören, wie sehr es ihn ärgerte, sich vor Pandora so blamiert zu haben.

»Na, wie ist es mit dir, Großer?«, sagte der Budenbesitzer zu Lennox.

Lennox zuckte die Schultern. »Okay.«

Er nahm den Holzhammer in eine Hand und schwang ihn mit höchstens der Kraft, mit der er eine Fliege wegwischen würde. Der Bolzen schoss raketenschnell nach oben, die Glocke bimmelte wie verrückt … und flog aus der Halterung.

Der Schausteller traute seinen Augen nicht. »Hier haben wir es wohl mit einem echten Superman zu tun!«

»Beeindruckend«, sagte Pandora und schaute lächelnd zu, wie Lennox einen kleinen Plüschgorilla als Preis entgegennahm.

»Na ja, mit seiner Fettmasse kann er ja auch viel mehr Gewicht in den Schlag legen«, knurrte Jeff finster.

Lennox warf ihm einen wütenden Blick zu. Wahrscheinlich hätte er Jeff am liebsten den Holzhammer über den Kopf gezogen.

»Wie wäre es mit einem neuen Spiel?«, fragte Kasia schnell, um die beiden Streithähne abzulenken. Sie steuerte auf eine Schießbude zu.

»Ja, klar«, sagte Jeff, der sein Selbstvertrauen wiedergefunden zu haben schien. »Ich schieße dir einen Teddybären, Pandora.«

Er drängte sich grob vor und blieb am Tresen stehen. Troy konnte Jeff nicht ausstehen. Der Junge war unhöflich, arrogant und aufdringlich; es schien ihm nicht zu gefallen, dass Troy ständig so nah bei Pandora stand.

»Was ist mit dir, Troy?«, fragte Pandora. »Willst du es nicht auch mal versuchen?«

Troy schüttelte den Kopf. Er durfte sich nicht von seiner Aufgabe ablenken lassen, sondern musste immer im Zanshin-Modus bleiben und die Augen offen halten.

»Na, der hat wohl Angst vor Waffen«, sagte Jeff verächtlich und warf ein wenig Geld auf den Tresen. Troy war klar, dass er sich nur über ihn lustig machen wollte.

»Ich würde ganz gerne mal schießen«, meldete sich Azumi plötzlich.

Der Betreiber reichte ihr das Gewehr. »Ladies

first«, sagte er zu Jeff, der Azumi wütend Platz machte.

»Ist es wirklich eine gute Idee, sie mit einer scharfen Waffe herumballern zu lassen?«, flüsterte Lennox Troy zu.

Aber Azumi schien sich keine Sorgen zu machen, dass sie jemanden versehentlich umlegen könnte. Sie zielte auf den Turm aus sechs Dosen an der hinteren Wand des Schießstands, schnalzte kurz und laut mit der Zunge und drückte den Abzug.

Die oberste Dose fiel klappernd herunter. Völlig verblüfft schauten sich Troy und Lennox an. *Zufall?*

Azumi schnalzte erneut mit der Zunge, schoss – und die nächste Dose purzelte herunter.

Als auch die dritte Dose gefallen war, fragte Jeff: »Warum schnalzt sie denn dauernd mit der Zunge?«

»Azumi ist blind«, antwortete Joe. »Mit dem Schnalzen ortet sie die Büchsen. Echo-Ortung, wie bei den Fledermäusen.«

Jeff starrte Joe mit misstrauisch zusammengekniffenen Augen an, während Azumi die vierte Dose vom Regal ballerte. »Du nimmst mich wohl auf den Arm, was?«

»Nein, das mache ich nicht «, sagte Joe mit einem Stirnrunzeln und zeigte ihm beide Handflächen. »Du stehst doch noch auf dem Boden!«

Jeff schaute Joe mitleidig an, offenbar hielt er ihn für bekloppt, doch dann zuckte er die Schultern und drehte sich wieder zum Schießstand um. Die letzten zwei Dosen hatte Azumi verfehlt.

»Oooh, was für ein Pech«, sagte der Betreiber, grinste aber zufrieden, während er die Dosen wieder aufstapelte.

»Irgendetwas stimmt nicht«, murmelte Azumi und runzelte die Stirn.

»Ja, die meisten Gewehre sind ein wenig verzogen, damit nicht zu viele Leute gewinnen. Das muss man eben ausgleichen«, sagte Jeff und riss ihr das Gewehr aus der Hand.

Er legte die Waffe an und zielte sorgfältig. Troy musste zugeben, dass Jeff ein hervorragender Schütze war: Er traf jede Büchse genau in der Mitte und schoss sie im Sekundentakt vom Regal. Als die letzte Dose herabfiel, boxte er in die Luft und rief: »Das soll mir mal einer nachmachen!«

Widerwillig überreichte ihm der Schießbudenbesitzer einen großen Plüschbären, der ein rotes Herz zwischen den Pfoten hielt. Mit einem selbstgefälligen Grinsen präsentierte Jeff Pandora den Preis.

»Danke«, sagte sie und drückte den Bären an sich.

»Bester Schütze von Terminus City!«, prahlte Jeff. Er hob die Waffe, kniff ein Auge zu und zielte auf seinen Vater, der am gegenüberliegenden Stand seiner kleinen Schwester gerade eine Zuckerwatte kaufte. »Würde ihm am liebsten den bescheuerten Hut vom Kopf ballern.«

»Irgendwas stimmt nicht«, wiederholte Azumi, als Jeff gerade mit einem lauten »Peng!« einen Schuss nachahmte. Und der Hut flog seinem Vater tatsächlich vom Kopf. Aber nicht nur das: Auch sein Vater selbst stürzte zu Boden. Blut spritzte aus dem runden Einschussloch an seiner Schläfe.

Jeff war kreidebleich geworden. »Das … das war nicht ich! Ich habe doch gar nicht abgedrückt!«, schrie er in panischer Angst.

Troy war sofort klar, dass nicht Jeff geschossen hatte.

»ALARMSTUFE ROT!«, brüllte er. »DER SCHARFSCHÜTZE!«

20
Lockvogel

Kasia reagierte zuerst. Im Bruchteil einer Sekunde stieß sie Pandora zur Seite.

Die Kugel durchschlug den Kopf des Teddys, den Pandora noch immer an sich drückte. Die Füllung quoll heraus, während die Kugel aus dem Teddy austrat und Jeff in den Bauch traf. Er klappte zusammen, presste die Hände auf seine blutende Mitte und schrie in Todesangst. Troy stellte sich schützend vor Pandora und zerrte sie hastig hinter den Tresen der Schießbude. Dort kauerten er, Kasia, Lennox, Joe und Azumi nieder und bildeten einen Schutzschild um Pandora.

»Wo ist der Scharfschütze?«, fragte Kasia.

»Ich habe keine Ahnung.« Troy schob den Kopf

über die Tresenkante und ließ den Blick ringsum schweifen, vom Riesenrad zu den Autoskootern und weiter zur Riesenrutsche. Familien mit Kindern schlenderten immer noch unbekümmert auf dem Jahrmarkt herum; von dem Angriff hatten sie nichts mitbekommen.

Jeff war auf die Knie gefallen, aber seine Schreie gingen im fröhlichen Jahrmarkttreiben um ihn herum völlig unter.

»Rettet meinen Jeffrey!«, kreischte seine Mutter. Sie kauerte hinter dem Zuckerwattestand, ihre Tochter fest in den Armen. Ihr Ehemann lag nur wenige Meter entfernt – tot.

Jeff ging zu Boden; einer der bewaffneten Bodyguards rannte geduckt zu ihm, um ihn in Sicherheit zu bringen. Doch als er sich zu dem Jungen hinunterbückte, knallte wieder ein Schuss. Der Bodyguard wurde umgerissen und war tot, bevor er auf dem Boden aufschlug.

Jetzt erst bemerkten auch die umstehenden Jahrmarktbesucher die drei blutenden Körper. Panik breitete sich aus. Ein heilloses Chaos entstand. Jetzt war es noch schwieriger, Pandora in Sicherheit zu bringen.

»Wir müssen weg. Hier geben wir perfekte Zielscheiben ab!«, sagte Kasia.

»Solange wir nicht wissen, wo sich der Scharfschütze befindet, dürfen wir uns nicht aus der Deckung wagen«, widersprach Joe. »Wir würden vielleicht genau in sein Fadenkreuz laufen.«

Jeff hob mühsam eine Hand und streckte sie nach ihnen aus. »Bitte … helft mir!«, flehte er.

Pandora sah Troy an. »Hilf ihm!«

Troy zögerte. Er durfte nicht von Pandoras Seite weichen, schon gar nicht während eines Angriffs. Aber der flehende Ausdruck auf ihrem Gesicht ließ ihm keine andere Wahl. Er stand auf.

»Nein!«, sagte Kasia und packte ihn am Arm. »Der Scharfschütze benutzt ihn, um uns aus der Deckung zu locken!«

»Ist mir klar«, sagte Troy. »Aber ich bin kugelsicher.«

Doch Kasia ließ ihn nicht los. »Pandora ist dein Schützling, nicht Jeff.«

»Wir können ihn doch nicht einfach verbluten lassen!«, widersprach Troy heftig.

Kasia gab nicht nach. »Unsere Priorität ist es, Pandoras Leben zu schützen! Ich bin Teamleiterin und du befolgst meinen Befehl!«

Ein weiterer Schuss knallte. Jeff schrie auf, als die Kugel in seinen Oberschenkel drang.

»Der Scharfschütze bringt ihn um!«, sagte Troy.

»Seid still!«, zischte Azumi. Sie massierte ihre Schläfen, während sie versuchte, sich zu konzentrieren. »Der ganze Lärm lenkt mich vom Schuss ab ... aber ich glaube, der Scharfschütze steht irgendwo hoch oben ... der Knall scheint aus der Richtung der Autoskooter zu kommen.«

»Gut gemacht, Kugelohr!«, sagte Lennox und spähte um die Ecke der Bude. »Über dem Autoskooter ragt nur das Riesenrad empor ... Und etwas weiter rechts die Riesenrutsche ... und dann noch die Geisterbahn.«

»Ich brauche noch ein oder zwei Schüsse, dann kann ich es genauer angeben«, sagte Azumi.

»Jeff überlebt keinen weiteren Schuss!«, rief Troy wütend.

Bevor Kasia ihn aufhalten konnte, riss er sich los, sprintete über den inzwischen menschenleeren Platz und warf sich auf den Jungen. Sofort krachte eine Kugel wuchtig in seinen Rücken. Troy stöhnte auf. Er war zwar kugelsicher, aber jeder Schuss tat höllisch weh.

Lennox zeigte ihm den erhobenen Daumen. »Super!«, rief er herüber. »Du hast den Scharfschützen dazu gebracht, noch mal zu schießen! Azumi konnte ihn lokalisieren. Er muss oben auf der Riesenrutsche sein!«

Troy verrenkte den Kopf, um in die Richtung blicken zu können, und stellte sich dann tot. Ein Junge mit schwarzen hochgegelten Haaren sauste gerade die Rutsche herunter. Unten wartete ein Mädchen auf ihn. Sie trug ein Sommerkleid und weiße Handschuhe. Die beiden schienen von der Gefahr nichts mitbekommen zu haben. Der Junge hielt einen Rucksack in den Händen, den er sich nun über die Schulter warf.

»LAUFT WEG!«, schrie Troy, ohne sich darum zu kümmern, ob ihn der Scharfschütze noch einmal erwischte.

Die beiden schauten verblüfft herüber.

»GEHT IN DECKUNG! JEMAND SCHIESST AUF UNS!«

Endlich reagierte das Mädchen; es nahm den Jungen an der Hand und zog ihn mit sich. Sie verschwanden zwischen den anderen Jahrmarktbesuchern, die in panischer Angst flohen.

»Wir müssen weg, Troy!«, rief ihm Kasia zu. »Sofort!«

»Wartet!« brüllte Troy zurück. Jetzt wussten sie zwar, wo der Scharfschütze lauerte, aber sie befanden sich immer noch in der direkten Schusslinie. Die Riesenrutsche stand ungefähr in der Mitte des Rummelplatzes; von dort oben konnte man den gesamten Platz überblicken. Egal in welche Richtung sie flohen, der Scharfschütze hätte sie immer im Fadenkreuz.

Hektisch blickte er sich um … und entdeckte eine Dose, die am Gürtel des getöteten Bodyguards hing. Eine Tränengasbombe!

Sie konnten den Scharfschützen zwar nicht sehen, aber was konnte er ihnen noch anhaben, wenn auch er sie nicht sehen konnte?

Troy kroch näher an den Toten heran, löste die Dose vom Gürtel, riss den Sicherungsring ab und warf sie ein paar Meter weit in Richtung der Riesenrutsche auf den Boden. Es zischte und sofort breiteten sich weiße Rauchschwaden aus. Troys Augen brannten und begannen zu tränen, aber er rappelte sich auf und schleppte den verletzten Jeff zur Schießbude hinüber. Lennox warf sich den Jungen über die Schulter. Gemeinsam flohen sie im Schutz der weißen Rauchwolken vom Rummelplatz.

21 Unter Beschuss

Mit harten, energischen Schritten betrat Medusa den Besprechungsraum. Ein grimmiger Ausdruck lag auf ihrem schmalen Gesicht. »Der Scharfschütze ist entkommen«, verkündete sie finster.

Troy hustete. »Wie konnte das passieren?« Seine Kehle war rau und ausgetrocknet und seine Augen waren noch immer vom Tränengas gereizt und stark gerötet.

Medusa zuckte die Schultern. »Das weiß ich nicht. Sobald ihr weg wart, stürmte eine Spezialeinheit der Polizei die Riesenrutsche. Aber da war niemand mehr. Und er hat alle Spuren beseitigt; sie fanden nur noch eine einzige Patronenhülse, die so fest im Boden steckte, dass er sie nicht herausbekommen hatte. Sie versuchen jetzt, die Hülse einer Waffe zuzuordnen, aber das geht nur, wenn das Gewehr registriert wurde.«

»Wie geht es Jeff?«, fragte Lennox. Sie hatten noch keine Zeit gehabt, sich umzuziehen, daher war sein T-Shirt noch voller Blut.

»Er liegt auf der Intensivstation«, antwortete Medusa. »Die Ärzte sind zuversichtlich, dass er am Leben bleibt. Troy, das war wirklich sehr mutig von dir.«

»Es war total bescheuert!«, murrte Kasia.

Troy runzelte die Stirn. »Warum?«

»Du hast uns schon wieder alle in Gefahr gebracht!«, fauchte sie ihn an.

»Das stimmt nicht!« Beim ersten Angriff auf Pandora hatte Troy nicht reagiert. Dieses Mal glaubte Kasia offenbar, dass er *über*reagiert hätte.

»Außerdem hast du meinen direkten Befehl nicht befolgt!«, sagte sie scharf.

»Es stand ein Menschenleben auf dem Spiel!«, verteidigte sich Troy.

»Ja, Pandoras Leben! Und du hast es für diesen Schleimer Jeff aufs Spiel gesetzt!«

»Wenn ich die Nebelgranate nicht geworfen hätte, wären wir niemals von dem Platz …«

»Das reicht jetzt!«, fuhr Medusa scharf dazwischen. »Troy, Kasia hat recht. Pandora war uns anvertraut, nicht Jeff. Deshalb hat ihr Leben Vorrang. Und du musst den Befehlen deiner Teamleiterin folgen. Wir können Pandora nur schützen, solange der Schutzschild keine Lücken hat. Ansonsten wird sie angreifbar. Hast du das verstanden?«

Troy nickte, aber schon die leichte Kopfbewegung ließ ihn zusammenzucken. Er hatte einen ungewöhnlich großen Bluterguss an der Stelle, wo ihn die Kugel getroffen hatte. Und die Stelle schmerzte auch stärker als bei früheren Schüssen. Hatte der Scharfschütze ein stärkeres Kaliber benutzt? Troy beschloss, in Zukunft Kugeln lieber ausweichen, statt sie abzufangen.

»Der Scharfschütze ist immer noch auf freiem Fuß, und morgen findet das große Benefizkonzert zum Klimawandel statt. Ihr müsst also ganz besonders aufmerksam sein«, sagte Medusa. »Der Bürgermeister möchte auf jeden Fall vermeiden, dass diese Angriffe Unruhe in der Bevölkerung auslösen. Seiner Meinung nach ist der Klimawandel ein zu drängendes Problem, um das Konzert abzusagen.«

»Wird Pandora auch hingehen?«, fragte Azumi.

Medusa nickte. »Ja. Sie ist genauso stur wie ihr Vater. Außerdem werden alle wichtigen Personen des öffentlichen Lebens da sein, auch die vier Mitglieder des Hohen Rats, die noch übrig sind. Natürlich werden die Sicherheitsmaßnahmen drastisch verschärft. Aber der Scharfschütze scheint das ja sogar als eine besondere sportliche Herausforderung zu betrachten.«

22 Blackout

Ein ganzes Heer von Fotografen hielt die Kameras auf die Prominenten gerichtet, die vor dem Konzerthaus vorfuhren. Filmsternchen, Popstars, Models, Politiker und die Bosse großer Unternehmen ließen es sich nicht nehmen, das Konzert zu besuchen und damit den Bürgermeister bei seinem Kampf gegen den Klimawandel zu unterstützen. Ein Blitzlichtgewitter ging über jedem Prominenten nieder, der über den roten Teppich ging oder stöckelte. Auf die wichtigsten stürzten sich ganze Scharen von Reportern, um sie zu interviewen.

Troy hielt sich dicht hinter Pandora, als sie auf dem breiten roten Teppich zur Treppe schritt, die zu den riesigen Eingangstüren hinaufführte. Er trug eine

Sonnenbrille, um von den grellen Blitzlichtern nicht geblendet zu werden und dann womöglich eine Gefahr in der Menge zu übersehen.

Für Azumi war das natürlich kein Problem. Ihr Talent, die Blindsichtigkeit, ermöglichte es ihr, sich völlig frei zu bewegen, obwohl sie eigentlich nichts sehen konnte. Durch ihre spezielle Gabe waren die übrigen Sinne so stark ausgeprägt, dass sie jede Gefahr wahrnehmen konnte. Sie ging direkt hinter Troy. Zur Tarnung trug sie den Ausweis einer Platzanweiserin am Kragen ihrer Jacke.

Pandora blieb stehen, um auf die Fragen einer Reporterin zu antworten.

»Du hast gerade einen tragischen Vorfall auf dem Rummelplatz miterlebt«, begann die Frau. »Macht es dir keine Angst, schon einen Tag danach wieder in der Öffentlichkeit aufzutreten?«

»Natürlich habe ich Angst«, gestand Pandora aufrichtig. »Aber ich will nicht zulassen, dass die Terroristen gewinnen. Und der Klimawandel ist wichtig; wir müssen alles tun, um unsere Erde zu schützen.«

»Aber hast du denn das Gefühl, dein Vater tut genug, um dich zu schützen?«

Pandora nickte entschieden. »Er hat die beste Schutzeinheit für mich angeheuert.«

»Ich kann aber keine Bodyguards sehen«, sagte die Reporterin und blickte sich um.

Troy unterdrückte ein Grinsen, als der Blick der Journalistin einfach über ihn hinwegglitt. Weil das Benefizkonzert gegen den Klimawandel so wichtig für die Zukunft war, hatte man auch viele Jugendliche eingeladen, weshalb die vier Super Bodyguards niemandem auffielen.

»Genau deshalb sind sie die Besten«, antwortete Pandora lächelnd und ging weiter.

Troy konzentrierte sich völlig darauf, die Tochter des Bürgermeisters zu beschützen. Ständig ließ er seinen Blick umherschweifen. Er entdeckte Joe oben an der Treppe, direkt vor dem Eingang. Auch Joe schaute sich aufmerksam um; wahrscheinlich scannte er die Gesichter der Menschenmenge und suchte nach verdächtigen Personen. Auch Kasia und Lennox standen in der Nähe, mischten sich aber unter die Besucher.

Über ihren Köpfen war das eintönige Summen der Überwachungsdrohnen zu hören.

Troy blickte nach oben. Er hatte den Fehler noch nicht vergessen, der ihm im Reaktorraum unterlaufen war. *Vergiss nie, auch nach oben zu schauen, statt nur auf die nähere Umgebung zu achten.* Das kleine Drohnengeschwader surrte im Zickzack durch die Luft; ihre Kameras zeichneten alles und jeden auf. Sie erinnerten ihn an Falken, die in der Luft kreisten und den Boden nach Beute absuchten. Auf allen umliegenden Dächern standen Wachposten. Sämtliche Gebäude in der Nähe waren von der Polizei durchsucht worden. Zwei riesige mobile Flutlichtanlagen leuchteten den Platz vor dem Konzerthaus taghell aus. Die Sicherheitskräfte waren verstärkt worden; jedes Auge und jedes Ohr der Wachmannschaft konzentrierte sich heute Abend auf die Umgebung der Konzerthalle.

Der Scharfschütze hatte nicht die geringste Chance, sich in Schussentfernung zu positionieren, ohne entdeckt zu werden.

Erst als der Kommandant des Sicherheitsdienstes grünes Licht gab, fuhren die vier Limousinen mit den noch lebenden Mitgliedern des Hohen Rats und ihren Familien vor. Sie stiegen aus und gingen über den roten Teppich zum Eingang, wo sie von Bürgermeister Lomez begrüßt wurden.

»Azumi, spürst du etwas?«, fragte Kasia über Funk.

»Negativ«, antwortete Azumi. »Aber es ist merkwürdig. Irgendwie ist alles zu dunkel.«

Pandora blieb vor der Sponsorenwand stehen, damit die Fotografen Gelegenheit hatten, Fotos von ihr in dem atemberaubenden roten Designerkleid zu schießen. Troy wurde plötzlich klar, wie sehr das Kleid dem glich, das Pandoras Avatar bei der Simulation im Reaktorraum getragen hatte. Das löste bei ihm unangenehme Gefühle aus, als er sich daran erinnerte, wie die Sache ausgegangen war.

Als sie die breite Treppe zum Eingang des Konzerthauses hinaufstiegen, erlosch im gesamten Konzerthaus plötzlich das Licht. Eine Sekunde danach flackerte die Straßenbeleuchtung kurz auf und erlosch ebenfalls. Und schließlich explodierten auch die beiden riesigen Fluchtlichtscheinwerfer mit einem dramatischen Funkenregen.

Nicht nur das Konzerthaus, sondern auch mehrere Straßenblocks in seiner Umgebung wurden in völlige Dunkelheit gehüllt.

Der Lärm der Konzertbesucher war verstummt, doch nun setzte wieder ein aufgeregtes Stimmengewirr ein. Nichts geschah. Konzerthaus und Vorplatz blieben dunkel.

»Pandora, bist du noch da?«, fragte Troy und tastete nach ihr.

»Ja«, antwortete sie.

Plötzlich schrie jemand auf; es klang wie ein Schmerzensschrei.

Eine Kamera blitzte. Dann noch eine. Immer mehr Blitzlichter flammten auf, sodass sich ein Stroboskopeffekt wie in einer Diskothek ergab. In der Finsternis war die Wirkung dramatisch und geradezu unheimlich. Als würde er sich abgehackt und wie in Zeitlupe bewegen, taumelte ein Mann die Treppe herunter. Troy erkannte ihn – ein Mitglied des Hohen Rates. Sein weißer Smoking war blutgetränkt.

Seine Frau kreischte und versuchte ihn zu stützen. Im selben Moment brach ein weiteres Ratsmitglied auf der Treppe zusammen, von einer Kugel ins Herz getroffen. Auf ihrem weißen Abendkleid leuchtete das blutrote Einschussloch wie ein Mahnzeichen. Noch mehr Kameras blitzten auf und hielten das schreckliche Ereignis fest.

Wieder senkte sich Dunkelheit über die Szene. Kasias Stimme kam überlaut aus Troys Ohrhörer: »Schutzring um Pandora schließen!«

23 Getroffen

Auch Troy war in der Dunkelheit so blind wie alle anderen. Doch inzwischen hatte er Pandoras Arm ertastet, sie eng an sich gezogen und auch Kasia und Lennox zu sich gerufen, sodass sie nun einen dichten Körperschutz um die Tochter des Bürgermeisters bilden konnten.

Azumi packte Troy am Arm. »Folgt mir«, sagte sie.

Denn natürlich war Azumi nicht vom Blackout betroffen. Sie führte die kleine Gruppe zielsicher durch die Menschenmenge, die sich aus Angst vor weiteren Schüssen auf der Treppe und auf dem Vorplatz dicht zusammendrängte. Die Super Bodyguards und ihr Schützling stiegen die restlichen Stufen hinauf und rannten in das schützende Foyer des Konzerthauses.

Auf halbem Weg hörten sie einen Aufschrei und etwas schlug dumpf auf dem Boden auf. Wieder hatte der Scharfschütze einen Menschen getroffen.

Troy war klar geworden, dass sich der Scharfschütze im Schutz der Dunkelheit überall befinden konnte. Stand er mitten unter den Fotografen? Oder auf einem Gebäude, zehn Querstraßen entfernt? Alles war denkbar. Der Scharfschütze benötigte nichts weiter als ein gutes Zielfernrohr mit Nachtsichtfunktion, um jedes beliebige Opfer ausmachen und erschießen zu können.

Und jetzt hatte der Killer offenbar Troy im Visier! Eine Kugel traf ihn direkt in die Seite. Das Geschoss prallte mit solcher Wucht gegen seine Rippen, dass Troy buchstäblich zurückgeschleudert wurde und auch die anderen mit sich riss. Pandora schrie auf, als alle vier zu Boden stürzten. Eine weitere Kugel prallte nur eine Handbreit von Troys Kopf entfernt vom Marmorboden ab.

»Weiter! Wir müssen in Bewegung bleiben!«, drängte Azumi. Sie zog Troy auf die Füße. »Alles okay?«

»Ich werde es überleben«, stöhnte Troy und tastete in der Dunkelheit nach Pandora.

Endlich flackerte draußen rings um den Platz ein

Teil der Beleuchtung wieder auf, als die Notstromgeneratoren ansprangen. Doch auf dem Platz herrschte reines Chaos; die allgemeine Panik nahm nun noch weiter zu, als die meisten Menschen zu fliehen versuchten, während sich andere vor dem unsichtbaren Schützen in Deckung bringen wollten. Zwei Mitglieder des Hohen Rats waren erschossen worden; ein drittes lag im Sterben und ein viertes war schwer verletzt. Bürgermeister Lomez lag geschützt unter einem Haufen seiner eigenen Sicherheitsleute ... aber seine Tochter lag neben Troy, mitten in einer Blutlache, die sich immer weiter ausbreitete.

»Nein!«, schrie Troy. Verzweifelt suchte er nach ihrer Schusswunde.

»Ich dachte, du bist kugelsicher?«, sagte Pandora und zeigte auf einen roten Fleck auf seinem T-Shirt.

»Bin ich auch«, antwortete Troy. Er versuchte, die höllischen Schmerzen in seiner Seite nicht zu beachten. »Das muss dein Blut sein.«

Pandora tastete sich ab. »Ich bin aber nicht getroffen.«

Troy blickte um sich – und entdeckte Kasia ... sie lag einen Schritt entfernt, still und reglos.

24
Gesichtserkennung

Lennox schüttelte vorsichtig ihre Schulter. »Kasia?«

Troy rollte Kasia behutsam auf den Rücken. Blut floss aus einem kleinen runden Loch in ihrer Brust. Sie mochte zwar superschnelle Reflexe haben, aber wenn sie die Kugel nicht kommen sah, konnte sie ihr auch nicht ausweichen.

Troy drückte eine Hand auf die Wunde, um die Blutung zu stoppen.

Kasia stöhnte und öffnete blinzelnd die Augen. Langsam fokussierte sich ihr Blick auf Troys Gesicht. »Kümmert euch um … Pandora«, stieß sie hervor. Ein dünner Blutfaden rann aus ihrem Mundwinkel.

»Pandora geht es gut. Wir bringen dich in ein Krankenhaus«, sagte Troy.

»Ich bin … Teamleiterin … ihr tut, was ich sage.«

Troy achtete nicht auf sie. Er verstand sich vielleicht nicht immer sehr gut mit ihr, aber er würde auf keinen Fall zulassen, dass der Scharfschütze sie benutzte, um ihn mit Pandora aus der Deckung zu locken. Unbeirrbar drückte er die Hand auf Kasias Wunde; die Blutung hatte tatsächlich nachgelassen. Joe rannte herbei, kniete neben ihr nieder und versuchte, ihren Zustand einzuschätzen.

»Schussverletzung. Unterer Brustbereich. Hohe Wahrscheinlichkeit auf lebensgefährliche innere Verletzungen und verletzte Organe. In diesem Fall liegt ihre Überlebenschance … unter 15 Prozent, schätze ich.«

»Dann hat sie noch eine Chance«, sagte Troy hoffnungsvoll.

»Ja, aber es wird knapp. Auch Pandora hat im Moment nur noch 50 Prozent Überlebenschance, und sie schwindet weiter, je länger wir in der offenen Schussbahn bleiben«, erklärte Joe.

»Kasia hat uns befohlen, Pandora in Sicherheit zu bringen, und das sollten wir jetzt auch sofort tun«, sagte Azumi und half Pandora auf die Füße.

»Ich bin der zweite Teamleiter«, erklärte Troy,

»und da Kasia nicht mehr bei Bewusstsein ist, treffe ich die Entscheidungen. Wir lassen sie nicht zurück.«

»Keine Zeit für langes Gefasel«, knurrte Lennox und legte sich Kasia auf die Schulter. »Kommt endlich!«

Die vier Super Bodyguards formierten sich zum Personenschutz-*Diamanten*, mit Pandora in der Mitte, liefen quer durch das Foyer und gingen hinter einer der mächtigen Säulen in Deckung. Lennox ließ Kasia sanft auf den Teppich gleiten und drückte die Hand auf die Wunde, da die Blutung wieder eingesetzt hatte. Azumi und Troy schützten Pandora, während Joe über Funk Unterstützung und ein Evakuierungsfahrzeug anforderte.

»Extraktionsfahrzeug geschätzte Ankunftszeit in drei Minuten«, hörte Troy im Ohrhörer Medusa ruhig antworten. »Bleibt, wo ihr seid.«

Troy spähte durch die Glastüren auf den Platz hinaus. »Hast du eine Ahnung, wo der Schütze sein könnte?«, fragte er Azumi.

Sie schüttelte den Kopf. »Ich konnte die Schüsse nicht lokalisieren, es gab einfach zu viel Lärm.«

»Ich weiß, wo er ist«, sagte Joe. »Während des Stromausfalls habe ich etwas im Hotel gegenüber aufblitzen sehen.«

Troy blickte zum Hotel auf der anderen Seite des Platzes hinüber. Es war riesig, bestimmt hatte es mehr als 500 Zimmer. Unmöglich festzustellen, von woher der Schütze geschossen hatte. »Aber welches Fenster?«, fragte er.

»Mit ein bisschen Glück können wir beim nächsten Schuss erkennen, wo er sich aufhält«, meinte Azumi.

Während sie darauf warteten, dass der Schütze wieder zuschlug, bemerkte Troy einen Jungen, der aus dem Hotel kam.

»Joe! Schnell – ich brauche eine Gesichtserkennung. Der Junge mit dem Rucksack dort drüben am Hoteleingang … Haben wir den nicht schon einmal irgendwo gesehen?«

Dank seines fotografischen Gedächtnisses brauchte Joe nur einen kurzen Blick auf den Jungen zu werfen. »Positiv. Der war auch auf dem Rummelplatz.«

25
Im Untergrund

Jetzt erinnerte sich auch Troy, wo er den Jungen schon einmal gesehen hatte: auf der Riesenrutsche! Dass er gerade jetzt aus dem Hotel kam, in dem sie den Scharfschützen vermuteten, konnte kein Zufall sein. Irgendetwas hatte er mit der Sache zu tun! Vielleicht war er ein Späher oder ein Mithelfer. Troy sprang auf.

»Wo willst du hin?«, fragte Joe.

»›Auch wenn der Kampf vorüber ist, halte immer die Hand am Schwert‹«, zitierte Troy einen der vielen Sprüche ihres Trainers. »Und dieser Kampf ist noch nicht vorbei – nicht, solange der Scharfschütze nicht gefasst wird.«

»Medusa hat befohlen, dass wir hierbleiben sollen!«, sagte Azumi scharf.

»Aber so eine Chance kriegen wir vielleicht nie mehr …«

»Wir verlieren sie!«, unterbrach sie Lennox. Seine Hände waren rot von Kasias Blut.

»Wo bleibt das Fluchtauto?«, schrie Troy in panischer Angst in sein Mikro.

»Eine Minute«, meldete Medusa. »Die medizinische Notfallausrüstung ist unter dem Rücksitz.«

Das Team lief los, um zum Eingang zu gelangen. Und schon kamen zwei kugelsichere SUVs mit getönten Scheiben und quietschenden Reifen um die Ecke und rasten quer über den Platz heran.

Ohne Rücksicht auf die panischen Konzertbesucher zu nehmen, fuhren sie über den Bordstein und die seitliche Rampe zum Eingang des Konzerthauses hinauf. Bürgermeister Lomez wurde in das erste Fahrzeug gestoßen, das sofort wieder davonraste. Der zweite Wagen fuhr heran.

Troy und Azumi rissen die Türen auf und stießen Pandora auf den Rücksitz. Lennox folgte mit Kasia auf den Armen. Joe stieg ein und zog sofort die medizinische Ausrüstung hinter dem Rücksitz hervor.

»Steig ein, Troy!«, schrie Azumi und warf sich auf den Beifahrersitz.

Troy trat vom Auto zurück. »Nein. Ich verfolge den Jungen. Vielleicht führt er uns zum Scharfschützen.«

»Damit wird der Schutzschild löchrig!«, rief Azumi warnend.

»Wenn wir die Terroristen geschnappt haben, braucht Pandora keinen Schutzschild mehr«, widersprach Troy.

»Ich habe ein negatives Gefühl«, sagte sie. »Troy, bleib bei uns!«

Troy ignorierte ihre Warnung und schaute Pandora ernst an. »Ich muss das tun … für dich und für Kasia.«

»Ich weiß«, sagte Pandora mit tapferem Lächeln und nahm seine Hand. »Aber wehe, du lässt dich erschießen!«

»Keine Chance«, antwortete er mit gezwungenem Grinsen. »Du weißt doch, ich bin kugelsicher!«

Troy schlug die Tür zu und der SUV schoss mit quietschenden Reifen davon. Sein letzter Blick fiel auf Kasias totenblasses Gesicht. Joe bereitete gerade eine Bluttransfusion vor, unterstützt von Lennox. Troy konnte nur beten, dass sie am Leben blieb.

Während der SUV um die nächste Ecke raste,

sprintete Troy in die entgegengesetzte Richtung. Er hatte beobachtet, dass der Junge in südlicher Richtung in die Hauptstraße eingebogen war.

Allerdings kam Troy nicht sehr schnell voran, da er sich durch die Menschenmenge, die Polizeisperren und die Presseleute kämpfen musste. Beim Rennen spürte er ein heftiges Pochen in der Seite des Brustkorbs, dort, wo ihn die Kugel getroffen hatte. Es fühlte sich an, als sei eine Rippe gebrochen.

Das Gedränge lichtete sich allmählich, je weiter er sich vom Hauptplatz entfernte, sodass er nun schneller vorankam. Weit vor sich sah er einen Jungen mit einem Rucksack, der in eine Seitenstraße einbog. Troy rannte ihm nach, so schnell er konnte. Apollos Fitnesstraining zahlte sich jetzt aus, trotz der heftigen Schmerzen konnte er den Abstand verringern. Als er um eine Ecke jagte, war er einen Augenblick lang überzeugt, den Jungen verloren zu haben: die Straße war wie ausgestorben. Doch dann erhaschte er in letzter Sekunde einen Blick auf kurzes schwarzes Haar: Der Junge lief gerade die Treppe zu einem U-Bahn-Eingang hinunter.

Troy rannte über die Straße und stürmte die Treppe hinab. Ein Schild über dem Eingang informierte darüber, dass diese Station wegen Bauarbeiten geschlossen sei. Seltsamerweise stand das Sperrgitter einen halben Meter weit offen. Troy schlüpfte durch die Lücke und blickte sich in der Vorhalle um, in der sich die Ticketschalter befanden. Auch hier funktionierte nur die Notbeleuchtung, was die Halle so düster wie den Vorraum zur Hölle erscheinen ließ.

Der Junge war nirgends zu sehen, aber Troy hörte das Echo der Schritte; es kam von einer der stillstehenden Rolltreppen. Er folgte dem Geräusch. Unten betrat er einen menschenleeren Bahnsteig. Er blickte sich um, lauschte mit höchster Konzentration auf jedes Geräusch.

In der Dunkelheit hörte Troy das unverwechselbare Klicken einer Waffe, die entsichert wurde.

26 Adlerauge

Erst jetzt wurde Troy klar, wie dumm er gewesen war. Der Junge hatte ihn zwar zum Scharfschützen geführt. Aber damit auch direkt in die Falle …

Troy drehte sich, wappnete sich innerlich für das, was ihm nun bevorstand. Das hässliche schwarze Mündungsloch eines Scharfschützengewehrs zielte direkt auf seine Brust. Und Troys Schock wurde noch größer, als er sah, wer das Gewehr auf ihn gerichtet hielt.

»Du bist der Schütze?«, fragte er ungläubig.

Der Junge mit dem Stachelhaar grinste hämisch und nickte. Aus der Nähe wirkten seine Augen tiefschwarz und ungewöhnlich groß. »Und du bist schwer zu töten«, sagte er.

»Aber … wo … bei der Riesenrutsche hattest du doch gar kein Gewehr dabei …?«

Der Junge deutete stolz auf die Waffe. »Einklappbarer Schaft. Passt in jeden Rucksack.« Er richtete die Mündung wieder auf Troys Brust. »Ich habe dich zweimal erschossen, und du bist jedes Mal wieder aufgestanden. Aber dieses Mal erledige ich dich.«

Troy hob die Hände.

»Das nützt dir jetzt nichts mehr«, sagte der junge Scharfschütze verächtlich. Sein Finger krümmte sich am Abzug.

Doch bevor der Junge abdrücken konnte, packte Troy den Gewehrlauf blitzschnell mit einer Hand und lenkte den Schuss von sich weg. Die Kugel prallte von der Wand der U-Bahn-Station ab. Troy warf sich auf den Jungen und rammte ihm seinen Handballen gegen die Nase. Momentan geschockt vor Schmerz, reagierte der Junge nicht schnell genug, sodass ihm Troy die Waffe aus den Händen ringen konnte. Troy schwang den schweren Gewehrkolben herum und rammte ihn dem Jungen gegen den Kieferknochen.

Eine perfekt ausgeführte Entwaffnung.

Aktion schlägt Reaktion, dachte Troy, als der Junge hart auf den Boden knallte.

Troy lud erneut durch, hob die Waffe an die Schulter und zielte auf den überrumpelten Scharfschützen.

»Du kommst mit mir«, befahl er und wies mit dem Gewehrlauf zur Treppe.

»Keine Lust«, sagte der Junge und spuckte etwas Blut aus. Trotzig starrte er Troy mit seinen großen schwarzen Augen an.

Die Notbeleuchtung flackerte. Urplötzlich spürte Troy einen Stromschlag, als sei er vom Blitz getroffen worden. Die Muskeln gehorchten ihm nicht mehr, sein ganzer Körper zuckte unkontrollierbar, die Waffe fiel ihm aus den Händen, schließlich brach er zusammen.

Der Junge stand auf, rieb sich den schmerzenden Kiefer und nahm das Gewehr ruhig wieder an sich.

»Das ist mein Gewehr – niemand außer mir darf es anfassen«, sagte er und stieß Troy mit dem Fuß in die Seite.

Hilflos lag Troy auf dem kalten harten Boden, immer noch von Krämpfen geschüttelt. Der Schock hatte seine Körperfunktionen ausgeschaltet. »Was … hast du mit mir gemacht?«, stieß er keuchend hervor.

»Ich? Nichts«, grinste der Junge. »Das hast du meiner kleinen Schwester zu verdanken.«

Aus dem Schatten trat plötzlich ein Mädchen. Es hatte schwarzes Haar, an den Spitzen waren sie dunkelviolett gefärbt. Troy erkannte das Mädchen mit den weißen Handschuhen, das er vor der Riesenrutsche auf dem Rummelplatz gesehen hatte.

»Du denkst doch nicht etwa, dass ihr Super Bodyguards die Einzigen sind, die spezielle Talente besitzen, Troy?«, fragte das Mädchen spöttisch und schlenderte lässig herüber. Es trug schwarze Stiefel mit Nieten und eine dazu passende Lederjacke.

»Wer … seid … ihr?«, fragte Troy mühsam, als der Schmerz in seinen Muskeln langsam abflaute.

»Na, meinen Bruder Eagle Eye hast du ja schon kennengelernt«, sagte das Mädchen. »Er hat seinen Namen verdient, denn er hat wirklich Adleraugen. Sein Sehvermögen ist achtmal besser als das normaler Menschen. Deshalb kann er ein Ziel aus vier Kilometern Entfernung ausmachen. Er trifft immer.«

Sie hob eine Hand und wedelte mit den schlanken Fingern. Blaue Funken knisterten zwischen ihnen. »Und ich heiße Elektra.«

Troy riss die Augen auf. »Elektra? Ist das deine Superkraft? Elektrizität?«

Elektra nickte. »Bist ja ein richtiger Blitzmerker.

Funktioniert so ähnlich wie bei einem Zitteraal, nur viel stärker. Ich kann Hochspannung erzeugen, speichern und meine Gegner mit starken Stromstößen ausschalten … oder sie buchstäblich grillen.«

Troy spürte, wie sich seine Nackenhaare aufrichteten; die Luft um ihn herum schien plötzlich elektrisch geladen. »Dann seid ihr beide also die Terroristen, die unsere Stadt angreifen?«

Elektra runzelte die Stirn. »*Terroristen?* Nein. Wir sind Kämpfer der *Armee der Freiheit*, wenn du das meinst.«

»A-a-ber ihr seid doch gerade mal in meinem Alter. Ihr könnt doch noch gar keine Terroristen sein.«

»Warum nicht? Du bist doch auch schon ein Super Bodyguard«, antwortete sie. »*SPEAR* bringt dich dazu, dein Leben für verwöhnte reiche Kids aufs Spiel zu setzen. Wir kämpfen für eine viel bessere Sache: Freiheit.«

»Aber ihr tötet dabei unschuldige Menschen!«, rief Troy wütend. Langsam kehrte seine Kraft zurück.

»In dieser Stadt gibt es keine Unschuldigen«, schnaubte Elektra verächtlich. »Alle sind Sünder. Und im Kampf für die Freiheit müssen eben auch Opfer gebracht werden.«

Troy knirschte voller Wut mit den Zähnen. Elektra betete genau das nach, was der Terrorist gesagt hatte, der Troys Eltern getötet hatte.

»Ich habe die Stromversorgung in der Innenstadt lahmgelegt«, sagte Elektra mit stolzem Grinsen. »Ich musste da eine ziemlich große Menge Strom auf einmal schlucken. Ich brenne bald durch, deshalb muss ich mal dringend ein paar Makroschocks loswerden ...«

Sie streckte die Hand aus, bis sie Troys Brust fast berührte. Die Luft knisterte und Funken sprühten in alle Richtungen.

»Kann sein, dass du kugelsicher bist, Troy. Aber wetten, dass dich dein Talent nicht gegen einen hübschen Stromschock schützt?«

27
Das Urteil

»STOPP!« Eine heisere, raue Stimme hallte durch die Station.

Elektra zog finster die Augenbrauen zusammen, ließ die Hand jedoch langsam sinken. Im schwarzen U-Bahn-Tunnel schien ein halbes Gesicht zu schweben, doch als es langsam näher kam, wurde Troy klar, dass es eine schwarz-weiße Maske war. Eine große Gestalt in schwarzem Gewand erschien und betrat den Bahnsteig.

»Ich bin Richter und Henker in einer Person. Nur ich kann über sein Schicksal entscheiden.«

Elektra zog sich mit einer Verbeugung ein paar Schritte zurück; der Richter trat näher an Troy heran und schaute mit seiner furchtbaren, halb grinsenden, halb weinenden Maske auf ihn hinab. Troy lief ein eiskalter Schauder über den Rücken. Es war, als stünde ihm der Teufel persönlich gegenüber.

»Bist du ein Sünder, Troy?«, fragte der Richter. »Oder ein Gläubiger?«

»Ich … ich glaube an das Gute«, antwortete Troy.

»Das ist schön. Aber stehst du auch auf der Seite des Guten?«

»Ja.«

Der Richter lachte kalt. »Dann hat man dich getäuscht.«

»Nein, Sie sind es, der sich täuscht!«, schoss Troy zurück.

»Ach, *ich* täusche mich?«, blaffte ihn der Richter an. »Es heißt, du bist kugelsicher?«

»Das bin ich auch.«

»Warum blutest du dann?« Er deutete auf Troys Brust.

Troy blickte auf die Stelle, an der ihn Eagle Eyes Kugel getroffen hatte. Sein T-Shirt war blutgetränkt. Troy schob das Hemd hoch und entdeckte, dass die Kugel tatsächlich in seiner Haut steckte. Sie war allerdings nicht vollständig in seinen Körper eingedrungen. Das erklärte zumindest die Schmerzen. Aber es erklärte nicht, wie das geschehen konnte.

Der Richter bückte sich und zog die Kugel aus der Wunde. Troy stöhnte vor Schmerzen.

»Offenbar hat dir Medusa nicht die ganze Wahrheit gesagt«, fuhr der Richter fort. Zwischen spitzen Fingern hielt er Troy die blutige Patrone vor die Augen. »Wie du soeben erfahren hast, gehören auch meiner *Armee der Freiheit* Menschen mit besonderen Talenten an. Aber bei euch habe ich den Eindruck, dass eure Kräfte allmählich nachlassen.«

In diesem Augenblick fühlte sich Troy sehr verwundbar.

Die Janusmaske beugte sich näher zu ihm. »Du solltest dir selbst die Frage stellen, wen du schützt – und warum«, sagte der Richter langsam.

»Ich weiß, wen ich schütze«, entgegnete Troy.

»Weißt du das wirklich?«

»Auf unserer Seite hat es niemand nötig, sich feige hinter einer Maske zu verstecken!«, zischte Troy verächtlich. »Wer unseren Schutz sucht, gehört nicht zu den Leuten, die Unschuldige töten und Hass verbreiten!«

»Unfug. Der gesamte Hohe Rat ist korrupt«, sagte

der Richter kalt. »Sie und ihre Familien haben den Tod verdient.«

»Und was ist mit Menschen wie meine Eltern?«, schrie Troy und ballte voller Wut die Fäuste. »Die vielen Menschen, die nichts Böses getan haben?«

»Solche Opfer sind manchmal nötig, wenn es um das große Ganze geht, um das Wohl der Gemeinschaft …«

»Und wer fällt das Urteil über Ihre Taten, *Richter*?«, unterbrach ihn Troy wütend.

Der Maskierte blickte nach oben. »Gott wird über mich richten. Es ist meine Mission, diese Stadt von der Sünde zu befreien. Und das werde ich tun. Da der Hohe Rat nahezu vollständig ausgelöscht ist, muss ich nur noch den Bürgermeister und seine Tochter vernichten.«

»Das werde ich niemals zulassen!«, schrie Troy und sprang auf. Doch bevor er sich auf den Richter stürzen konnte, traf ihn erneut ein elektrischer Schlag.

Wieder lag er, in wilden Krämpfen zuckend, auf dem Boden. Elektra fragte kalt: »Wie lautet dein Urteil, Richter? Er hat unsere Gesichter gesehen. Er weiß, wer wir sind.«

»Das ist ein starkes Argument«, antwortete der

Richter nachdenklich. Er hob eine Faust, den Daumen zur Seite ausgestreckt. »Mein Urteil lautet …«

Er zögerte; der Daumen zeigte immer noch zur Seite.

Troy war vollkommen klar: Die Richtung, in die sich der Daumen neigte, bestimmte, ob er am Leben blieb oder nicht.

Und der Richter senkte den Daumen nach unten.

Mit einem teuflischen Grinsen streckte Elektra die geöffnete Hand aus, die nun direkt auf Troy Herz zielte. Blaue Funken sprühten von ihrer Handfläche; ein elektrischer Schlag traf Troy mit ungeheurer Wucht. Er brüllte vor Schmerzen, als der Strom wie eine weißglühende Speerspitze durch seinen Körper zuckte.

28
Zweifel

Troy öffnete mühsam die Augen. Und schloss sie sofort wieder, geblendet von grellweißem Licht. Als er sie vorsichtig erneut einen Spaltbreit öffnete, erkannte er Medusa. Sie stand am Fußende seines Bettes. Allmählich erkannte er auch, wo er lag: im Sanitätsraum von *SPEAR*.

»Wie fühlst du dich?«, fragte Medusa und dimmte das gleißende Licht.

»Oaahh … wie bei lebendigem Leib geröstet!«, stöhnte Troy. Sein Mund war vollkommen ausgetrocknet, die Stimme klang heiser, rau und brüchig und ein saurer Geschmack lag auf seiner Zunge. Der scharfe Gestank von versengen Haaren stieg ihm in die Nase.

Er richtete sich langsam im Bett auf. Jeder Muskel kribbelte und schmerzte. Jetzt erst entdeckte er Lennox, Azumi und Joe, die auf der anderen Seite standen und ihm mit erleichtertem Grinsen zuwinkten.

»Wo ist Kasia?«, krächzte er.

Das fegte das Grinsen aus den Gesichtern seiner Freunde. Sie warfen sich besorgte Blicke zu.

»Immer noch auf der Intensivstation«, antwortete Azumi. »Apollo musste ihr ein Betäubungsmittel verabreichen.«

Troy schloss die Augen und versuchte, die Tränen zurückzudrängen.

»Wir haben dich auf der Straße gefunden. Bewusstlos«, sagte Medusa. »Was ist passiert?«

Plötzlich schossen ihm Erinnerungsfetzen in den Sinn; einzelne Bilder, die wie explodierende Feuerwerkskörper zerstoben. Er richtete sich vollends auf. »Die Terroristen wissen alles über *SPEAR*!«, stieß er krächzend hervor. »Sie wissen, dass wir spezielle Talente haben! Und sie selbst haben ebenfalls besondere Kräfte!«

Troy erzählte ihnen von seiner Begegnung mit Eagle Eye und dessen ultrascharfen Augen. Und von Elektra und ihrer Fähigkeit, Elektrizität aufzunehmen und in tödlichen Stromschlägen wieder abzugeben.

Geschockt riss Medusa die Augen auf. »Ich hatte keine Ahnung, dass sie über solche Kräfte verfügen! Das ändert alles.«

»Wo ist Pandora?«, fragte Troy besorgt. Er versuchte, die Beine aus dem Bett zu schwingen, aber dazu fehlte ihm die Kraft. »Der Richter hat damit gedroht, sie und ihren Vater zu töten.«

»Mach dir keine Sorgen, sie ist zu Hause«, beruhigte ihn Medusa und drückte ihn wieder auf das Kissen zurück. »Die Villa des Bürgermeisters ist das sicherste Anwesen in ganz Terminus City.«

»Nirgends ist es sicher«, erwiderte Troy. »Nicht, wenn die Terroristen über solche Superkräfte verfügen.«

»Pandora wird immer sicher sein, solange *du* ihr Super Bodyguard bist«, versicherte ihm Medusa. »Sobald du fit bist, schicken wir dich wieder zu ihr zurück. Mittlerweile wird sie vom Rest des Teams geschützt. Rund um die Uhr.«

Widerwillig akzeptierte Troy Medusas Befehl. Er sah ein, in seinem jetzigen Zustand hätte er nicht einmal Pandoras Goldhamster beschützen können.

Medusa und das Team verabschiedeten sich, damit er sich ausruhen konnte. Reglos lag Troy im Bett und starrte an die Decke. Unzählige Fragen schossen ihm durch den Kopf.

Warum hatte er Elektras letzten Stromschlag überlebt?

Verheimlichte ihm Medusa etwas?

Wessen Interessen schützte er in Wirklichkeit?

Und war das alles es wert, sein Leben aufs Spiel zu setzen?

Der Richter hatte in ihm die Saat des Zweifels gesät.

Aber eine Frage drängte sich immer wieder in den Vordergrund.

Troy richtete sich wieder auf, schob die Bettdecke zurück und untersuchte die Wunde an der Seite des Brustkorbs. Das Blut war geronnen und eine dünne Schorfschicht hatte sich gebildet.

War er immer noch kugelsicher?

Das Finale

29 Elektra

IN NAHER ZUKUNFT

War er immer noch kugelsicher?

Troy ließ sich auf das Kissen zurücksinken und schloss die Augen.

Ja, das war die Frage aller Fragen.

Und plötzlich drängte sich mit aller Macht die Erinnerung an das, was in der U-Bahn-Station geschehen war, in seine Gedanken.

Wieder spürte er die blauen Stromblitze in sich einschlagen, spürte, wie ihm die starken Elektroschocks die Haut verbrannten, spürte es so deutlich, als ob er alles noch einmal erleiden müsste. Jeder Nerv, jeder Muskel zuckte unkontrollierbar. Der beißende Gestank seiner versengten Haare stieg ihm in die Nase; sein Mund war staubtrocken und seine Kehle heiser von seinen verzweifelten Schreien.

Nie hätte Troy befürchtet, dass er vielleicht so sterben würde – durch die Hand eines Mädchens, das fast noch ein Kind war, aber ungeheure Kräfte besaß – die Fähigkeit, Elektrizität allein durch ihren Willen zu leiten und zu steuern. Leuchtende Blitze schossen aus ihren Fingerspitzen, hüllten seinen hilflosen Körper in ihren tödlichen Schein. Denn hilflos war er, völlig bewegungsunfähig lag er auf dem steinernen Boden der U-Bahn-Station.

»Hör auf!«, flehte Troy. »Bitte, Elektra, hör auf!«

Zu seiner Verblüffung ließ sie tatsächlich von ihm ab. Die todbringende Spannung fiel sofort ab, als sie die Hände sinken ließ. Troy stöhnte vor Erleichterung, während er sich noch zitternd vor Schmerzen auf dem Bahnsteig krümmte. Wie eine Schlange ihre Beute, starrte Elektra ihn kalt an.

»Tut es weh?«, fragte sie ohne jedes Mitleid.

Troy brachte nur ein schwaches Nicken zustande.

»Gut.« Ihr blasses Mädchengesicht hatte sich zu einer blutrünstigen Fratze verzerrt. Ihre Finger knisterten, als sie einen weiteren lähmenden Stromstoß aussandte. Lichtbögen von hoher Spannungsenergie schossen aus ihren Handflächen.

Troy hatte dem neuen Angriff nichts entgegenzusetzen.

Es gab nichts, was er dagegen tun konnte. Sein eigenes Talent, kugelsicher zu sein, war gegen diese starken Stromschläge absolut nutzlos. Bei jedem neuen Elektroschock brüllte er vor Schmerzen. Es war, als würde jedes einzelne Organ in seinem Inneren zerfetzt; ihm wurde schwarz vor Augen. Seine Körpersysteme brachen zusammen.

»Das reicht, Elektra!«, befahl der Richter.

»Aber er ist noch nicht tot«, protestierte Elektra, ließ jedoch die weißglühenden Hände sinken. Ihre schwarzen Haare mit den violetten Spitzen hatten sich statisch aufgeladen und standen wild in die Höhe.

Troy lag, immer noch zuckend, auf dem Boden; er schwebte irgendwo zwischen Bewusstsein und Bewusstlosigkeit. Und er war nicht mehr weit vom Tod entfernt.

Die schwarz-weiße Januskopfmaske des Richters erschien wie ein Geist vor seinen Augen. Die weiße, grinsende Fratze und die schwarze, weinende schienen sich über Troys Schicksal lustig zu machen und es zugleich zu betrauern.

»Wir wollen ihn ja auch nicht töten«, erklärte der Richter.

Troy hörte die Stimme des Richters wie aus weiter Ferne – ein Echo in einer Höhle.

Neben dem Richter stand ein Junge mit hochgegelten Haaren und riesigen tiefschwarzen Augen: Eagle Eye, *der*

Scharfschütze. Troy hatte ihn bis hierher, in die U-Bahn-Station, verfolgt. Und war ihm so in die Falle gelaufen.

»Warum denn nicht?«, fragte Eagle Eye.

»Dieser Super Bodyguard könnte uns von Nutzen sein«, erklärte der Richter. »Wir brauchen ihn als Boten.«

»Als Boten? Wofür?«, fragte Elektra.

Plötzlich wurde Troy aufmerksam. Er musste unbedingt ihren Plan hören. Er kämpfte gegen den Schmerz an, der ihn fast völlig lähmte – auf gar keinen Fall durfte er jetzt das Bewusstsein verlieren!

»Unsere Mission ist uns von Gott aufgetragen worden: Terminus City von allen korrupten Ratsmitgliedern und Sündern zu reinigen«, erklärte der Richter in salbungsvollem Ton. »Elektra, bevor du mit der Hinrichtung dieses Super Bodyguards angefangen hast, habe ich ihm erklärt, dass wir beabsichtigen, Bürgermeister Lomez und seine Tochter Pandora zu töten.«

»Aber wollen wir das nicht immer noch …?«, unterbrach ihn Eagle Eye.

»Wage es ja nicht, mich zu unterbrechen!«, donnerte der Richter und schlug Eagle Eye mit dem Handrücken hart ins Gesicht.

Der Junge zuckte zurück, verbeugte sich aber unterwürfig.

Der Richter fuhr fort, als hätte er dem Jungen nur leicht den Finger auf die Lippen gelegt, um ihn zum Schweigen zu bringen: »Wenn unser Bote SPEAR *unseren Plan mitteilt, wird Medusa alle* Super Bodyguards *und den gesamten Rest ihrer Sicherheitstruppe zur Villa des Bürgermeisters schicken. Und wenn sie sich dort gemeinsam versammelt haben, können wir sie alle auf einmal ausschalten.«*

Der Richter blickte himmelwärts und faltete die Hände zum Gebet.

»Und dann wird unser Werk vollendet sein.«

30

Spurlos verschwunden

Troy fuhr mit einem Ruck aus dem Schlaf hoch. Sein Herz raste, das weiße Krankenhaushemd war nass vor Schweiß. Er setzte sich in dem schmalen Bett der Krankenstation im *SPEAR*-Hauptquartier auf, doch sofort begann sich der Raum zu drehen. Er beugte den Kopf weit nach vorn und wartete, bis der Schwindel wieder verflogen war. Dann riss er sich die Elektroden von der Brust, stand auf und öffnete die Tür.

Die unterirdische Zentrale der geheimen Schutzagentur lag in Dunkelheit gehüllt – nur schwache Nachtlampen an den Wänden verbreiteten ihr grün schimmerndes Licht. Es herrschte Totenstille. Das einzige Geräusch war der elektronische Dauerton des

Herzfrequenzmonitors neben seinem Bett; rasch sprang er zurück und stellte das Gerät aus.

Troy bemerkte plötzlich, dass er viel zu schnell und zu heftig atmete. Mühsam versuchte er, sich zu beruhigen.

Das war kein Albtraum gewesen. All jenes, woran er sich soeben erinnert hatte, war wirklich geschehen.

Er spürte noch immer die elektrischen Schläge, die wie Peitschenhiebe auf ihn niedergingen, wie Blitze durch seinen Körper zuckten. Schwach und matt, als sei sein innerer Akku erschöpft, schlich er zum Bett zurück und ließ sich wieder auf die Bettkante sinken.

Immerhin war durch den Flashback dieses traumatischen Erlebnisses nun eine Frage geklärt: warum er Elektras Angriff überlebt hatte. Weil ihm der Richter *gestattet* hatte zu überleben.

Er hatte Troy verschont, um durch ihn eine Botschaft überbringen zu lassen. Eine Botschaft, die bedeutete, dass sich Pandora, ihr Vater und das gesamte Team der Super Bodyguards in tödlicher Gefahr befanden.

Es war eine Falle – und es war seine Schuld, dass sie dabei waren, blindlings in diese Falle zu tappen.

Er musste seine Freunde warnen.

Wieder stand Troy viel zu schnell auf – und schlug mit großem Getöse der Länge nach zu Boden. Seine Beine hatten urplötzlich unter ihm nachgegeben. Er zog sich am Bett hoch, kam auf die Füße und taumelte aus der Krankenstation. Schwankend ging er den Korridor entlang und schaffte es bis in den großen runden Saal, der als *SPEARS* Besprechungsraum genutzt wurde. Dort sank er auf einen Stuhl. Der Raum war menschenleer; der Hologrammtisch in der Mitte des Raumes war ausgeschaltet.

»Medusa!«, rief er in die Dunkelheit hinein, die nur von den schummrigen Notlampen erleuchtet wurde. »Lennox! Joe! Azumi!«

Keine Antwort. Nur das leise Echo seiner eigenen Stimme.

Troy kämpfte sich am Geländer der Galerietreppe entlang nach oben. Auch der Speisesaal war wie ausgestorben. Der Reaktorraum: geschlossen. Er überprüfte jedes Schlafzimmer, aber alle Betten waren unberührt.

Schließlich machte er sich auf den Weg zum Fitnessraum. Ihr Kampftrainer, Apollo, trainierte oft noch spät am Abend. Troy legte seinen Daumen auf den Scanner und die Tür glitt auf. Eine Gestalt in langer weißer Robe schwebte wie ein Geist in der Dunkelheit. Erschrocken schrie Troy auf, dann erst verstand er, wer die Gestalt war … er erkannte sich in der Spiegelwand kaum wieder. In dem weißen Krankenhaushemd sah er verletzlich und entsetzlich mager aus. Sein Haar war an den Spitzen rußig und versengt, die Wangen waren eingefallen und er hatte dunkle Ringe unter den Augen, wie Blutergüsse nach einem schweren Boxkampf. Er sah aus, als hätte ihm Elektra mit ihren Stromschlägen alles Leben aus dem Körper getrieben.

Troy öffnete die Tür zum Reaktorraum. Aber auch hier war niemand. Wie der Richter vorhergesagt hatte, war vermutlich das gesamte Team in aller Eile zur Villa des Bürgermeisters aufgebrochen, um Pandora und ihren Vater vor den Terroristen zu schützen. Es konnte gar nicht anders sein, nach allem, was Troy Medusa und seinen Freunden über die Begegnung mit dem Richter in der U-Bahn-Station erzählt hatte.

Troy wischte sich den Schweiß von der Stirn, stolperte quer durch den Saal zum Kontrollraum und ließ sich auf den Sitz fallen. Er fuhr den Computer hoch und drückte auf den Sprechknopf.

»Zentrale an Medusa«, keuchte er in das Mikrofon. »Dringende Nachricht. Bitte kommen.«

Er lauschte. Aber der Lautsprecher blieb stumm.

Er versuchte es noch einmal. »Zentrale an Medusa. Kommen!«

Nichts. Seine Fäuste verkrampften sich um das Mikrofon und seine Panik stieg.

»Joe! … Azumi! … Irgendjemand?«

Nichts. Nur leises statisches Knistern …

31
Superkräfte

Troy zerrte sich das Krankenhaushemd vom Leib und warf es aufs Bett. Frische Kleider lagen sorgfältig gefaltet auf dem Stuhl. Irgendwie musste er zur Villa des Bürgermeisters kommen.

Als er die Arme hob, um das T-Shirt überzuziehen, erinnerte ihn ein dumpfer Schmerz an der Seite des Brustkorbs an die Kugel des Scharfschützen. Rasch untersuchte er die Wunde und den blauvioletten Bluterguss auf den unteren Rippen. Er sollte doch eigentlich *kugelsicher* sein! Das war doch sein *Talent*, seine Superkraft, der einzige Grund, warum er von *SPEAR* rekrutiert worden war! Aber warum hatte dann die Kugel in seine Haut eindringen können? Sie war zwar nicht weiter in seinen Körper gelangt, aber dass sie ihn überhaupt verletzt hatte, beunruhigte ihn.

Hatte der Scharfschütze eine Patrone mit besonders hoher Durchschlagskraft verwendet? Oder … bedeutete das, sein Talent ließ langsam nach?

Troy schluckte. Die Frage zehrte an seinen Nerven. Rasch zog er das T-Shirt über die Wunde: Aus den Augen, aus dem Sinn. Trotzdem – der Richter hatte ihm starke Zweifel eingepflanzt.

Und hatte ihm Medusa überhaupt die ganze Wahrheit über sein Talent gesagt?

Er schob den Gedanken beiseite. Momentan gab es wichtigere Dinge, mit denen er sich beschäftigen musste. Er stand immer noch recht schwach auf den Beinen, als er in seine Schuhe schlüpfte, die Jacke überwarf und aus dem Zimmer stolperte. Müde schlurfte er durch den Flur der Krankenstation. Das leise Brummen eines Ventilators war zu hören. Er hielt inne und warf einen Blick in die Intensivstation. Auf dem Bett lag eine Gestalt. Unbeweglich, stumm, mit schneeweißem Gesicht und platinblondem Haar. Die eisblauen Augen, die Troy so gut kannte, waren geschlossen.

Kasia.

Sie war auf der Liege einer Heilmaschine festgeschnallt, eine Beatmungsmaske über dem Mund. Sensoren und Elektroden überprüften ständig ihre lebenswichtigen Organe; ein Biolaser pflegte und heilte die Schusswunde in ihrer Brust.

Troy schlich leise in den Raum und legte eine Hand auf Kasias Arm. Ihre Haut fühlte sich eiskalt an. *Kalt wie eine Leiche*, dachte Troy. Der Gedanke schnürte ihm die Kehle zu.

Kasias Talent waren ihre raschen Reflexe. Sie konnte sechsmal schneller reagieren als ein normaler Mensch. Aber gegen eine Kugel, die sie nicht kommen sah, hatte auch sie keine Chance. Eagle Eye, der Scharfschütze, hatte einen Stromausfall genutzt, den seine Schwester Elektra herbeigeführt hatte, und Kasia beim Benefizkonzert gegen den Klimawandel angeschossen. Zwar hatte Kasia damit Pandora vor den Kugeln des Scharfschützen bewahrt. Aber dafür hing jetzt ihr eigenes Leben an einem seidenen Faden.

Tränen stiegen Troy in die Augen und er ließ den Kopf sinken. Kasia und er hatten sich nicht immer gut verstanden, aber der Gedanke, dass Kasia nicht wusste – und vielleicht auch niemals erfahren würde –, wie sehr er sie eigentlich bewunderte, war fast unerträglich.

»Ihr Zustand ist stabil«, sagte eine sanfte Stimme hinter ihm.

Troy zuckte zusammen und fuhr herum. Er hatte die tiefe Stimme seines Kampftrainers kaum erkannt, schließlich war er nur gewohnt, von ihm angebrüllt zu werden. Aber die massige Gestalt ließ keinen Zweifel – Schultern so breit, dass sie kaum durch die Tür der Krankenstation passten.

»Warum bist du nicht im Bett?«, fragte Apollo streng.

»Medusa und das Team sind in großer Gefahr, und ich bin schuld daran!« Hastig erzählte Troy Apollo alles, woran er sich erinnern konnte. »Ich habe versucht, sie zu erreichen, aber niemand antwortet.«

»Und das aus gutem Grund«, erklärte Apollo. »Sie sind untergetaucht. Wir haben den Funkverkehr eingestellt, damit sich die sogenannte *Armee der Freiheit* nicht in unsere Kommunikationskanäle hacken kann.«

»Aber der Richter plant einen Angriff auf die Villa! Er will uns alle auf einmal vernichten. Er wird sie überrumpeln!«

»Azumi wird schon vorhersehen, wenn ein Angriff kommt«, sagte Apollo voller Zuversicht.

»Sogar mit ihrer Blindsicht wird sie die Gefahr vielleicht nicht rechtzeitig erkennen können«, widersprach Troy. »Ich muss sie warnen!«

Troy lief zur Tür, geriet aber ins Taumeln und riss im Fallen einen Wagen voller medizinischer Gerätschaften mit sich. Apollo packte ihn am Arm und zog ihn wieder auf die Füße. »Du bist nicht fit genug, um auch nur vor die Tür zu gehen!«

»Dann müssen Sie dorthin!«, sagte Troy beharrlich.

»Das geht nicht.« Apollo schüttelte den Kopf. »Jemand muss das Hauptquartier beschützen, und Kasias Zustand bedarf ständiger Kontrolle. Du kennst dich damit nicht aus.« Apollo zögerte kurz, dann fügte er hinzu: »Hör mal, Medusa hat ein geheimes Smartphone, nur für Notfälle. Wenn es in der Villa ein ernsthaftes Problem gibt, wird sie sich melden.«

»Und was ist, wenn sie sich nicht melden *kann*?«, fragte Troy. »Ich habe gesehen, wozu diese Terroristen fähig sind – Sie waren nicht dabei! Diese Verbrecher sind uns überlegen, ihre Talente sind stärker als unsere.«

»Medusa weiß genau, was in solchen Situationen zu tun ist!«, beharrte Apollo. Er hielt Troys Arm noch immer mit eisernem Griff gepackt. »Außerdem hat sie alle Sicherheitskräfte zusammengerufen, die für *SPEAR* arbeiten, um die Villa zu sichern. Eher sollten sich die Terroristen Sorgen machen!«

»Das stimmt einfach nicht!«, rief Troy frustriert. »Ich werde gehen, ob es Ihnen gefällt oder nicht.« Tatsächlich schaffte er es, sich aus Apollos Griff loszureißen. Er stürzte zur Tür.

»WARTE!«, brüllte Apollo.

»Sie können mich nicht aufhalten!«, rief Troy. Es sollte zuversichtlich klingen, obwohl er sich nicht so fühlte. Und obwohl er wusste, dass ihn dieser Koloss von einem Mann ohne Probleme aufhalten konnte.

»Du bist wirklich ein sturer Typ«, knurrte Apollo. Er schürzte die Lippen und betrachtete Troy nachdenklich. Schließlich gab er sich einen Ruck und ging zu einem der Medikamentenschränke, schloss ihn auf und nahm eine kleine Flasche heraus.

Troy war an der Tür stehen geblieben.

»Das mache ich nicht gerne. Aber in deinem Zustand wirst du Hilfe dringend brauchen, wenn du auch nur die geringste Chance gegen die Terroristen haben willst«, brummte Apollo.

Er schraubte den Verschluss ab und schüttelte Troy zwei blaue Pillen in die Hand.

»Was ist das?«, fragte Troy.

»Ein Aufputschmittel«, erklärte Apollo. »Bei der Spezialeinheit nannten wir sie *Kampfpillen*. Sie wurden vom Militär entwickelt und sollten verwundeten Soldaten helfen, ein Feuergefecht zu überleben. Die Tabletten blockieren das Schmerzempfinden und versorgen dich mit neuer Energie, aber sie können auch den Blutverlust stillen.«

»Echt?«, fragte Troy ungläubig. Kritisch beäugte er die beiden länglichen Pillen. »Das alles können die Dinger?«

Apollo grinste. »Allerdings. Aber ich warne dich: Sie laden deinen Körper extrem auf. Man fühlt sich, als könnte man Wände einreißen, durchs Feuer gehen oder schneller laufen als der Blitz. Jedenfalls für ein paar Stunden. Kommt natürlich darauf an, wie schwer verletzt man ist.«

Troy nickte dankend. »Klingt super. Das kann ich jetzt echt gebrauchen.« Er warf sich beide Pillen auf einmal ein. Nach einem kurzen Abschiedsblick auf Kasia machte er sich auf den Weg zum entscheidenden Kampf.

32
Die Festung

Troy lieh eines von *SPEARS* superschnellen Autos aus, um zur Villa zu kommen. Als er sich dem Anwesen näherte, sah er zu seiner Erleichterung, dass die gesamte Wachmannschaft im Einsatz war – schwer bewaffnete Wärter patrouillierten an der Außenmauer auf und ab. Am Haupttor trat ein Wärter mitten auf den Fahrweg und bedeutete ihm anzuhalten.

»Ausweis!«, verlangte er barsch, während drei weitere Wärter ihre Waffen auf Troy richteten. Troy zeigte ihm seinen Hologrammpass und seinen Ausweis und durfte weiterfahren. Zwei Muskelprotze führten ihn ins Haus.

»Troy!«, rief Pandora, als er den Salon betrat. »Oh Troy – es geht dir gut!«

Sie umarmte ihn so ungestüm, dass er beinahe das Gleichgewicht verloren hätte. Ihre langen schwarzen Haare berührten sanft seine Wange; für einen Augenblick vergaß er die Gefahr, in der sie sich befanden. Aber als *SPEAR*-Super-Bodyguard war es seine Aufgabe, Pandora zu beschützen. Sie war einzigartig und Troy ertappte sich bei dem Gedanken, dass er im Begriff war, sich in sie zu verlieben. Aber das war völlig sinnlos: Schließlich durfte er nicht erwarten, dass die glamouröse Tochter des Bürgermeisters jemals seine Gefühle erwiderte!

»Stimmt es … ich habe gehört … dass du Stromschläge erhalten hast?«, fragte sie und betrachtete besorgt die roten Streifen, die sich über seinen Hals zogen.

Troy nickte. »Irgendein Kurzschluss in der U-Bahn«, sagte er wegwerfend. Auf keinen Fall wollte er sie mit der Nachricht beunruhigen, dass die Terroristen ihre eigenen Talente hatten und dass sie ihn gefoltert hatten.

»Super, dass du wieder auf den Beinen bist«, begrüßte ihn Lennox. Der muskulöse Super Bodyguard hieb ihm kräftig auf die Schulter. Lennox hatte das Herkules-Gen, das ihn fünfzig Prozent stärker machte als den stärksten Gewichtheber. Normalerweise reichte es schon, wenn ihm Lennox mal eben schnell auf die Schulter klopfte, um Troy von den Füßen zu holen. Aber dieses Mal spürte Troy die Berührung fast gar nicht. Apollo hatte recht, diese Kampfpillen wirkten einfach fantastisch.

»Solltest du dich nicht ausruhen?«, fragte Azumi. Die dunklen Gläser ihrer Sonnenbrille verdeckten ihre blinden Augen. Sie saß neben Joe, der gerade Hologrammschach gegen sich selbst spielte.

»Ich dachte, ihr sehnt euch vielleicht nach mir«, antwortete Troy. Er trat neben sie ans Fenster und blickte hinaus. Draußen liefen Scharen von Sicherheitsleuten herum, die das gesamte Gelände sicherten.

Lennox lachte. »Nach dir? Träum weiter! Nicht, wenn man ein Privatkino, eine Laserbowlingbahn und einen Prismentisch hat. Diese Villa bietet einfach alles!« Er breitete die Arme aus, als wollte er die Villa und den gesamten Park umschlingen.

»Ihr sollt euch auf Pandora konzentrieren, nicht auf irgendwelche Spiele!«, sagte Troy vorwurfsvoll.

»Keine Angst, wir haben alles im Griff. Hier furzt

kein Floh ohne unsere Genehmigung.« Lennox schaute ihn überrascht an; so nervös und besorgt kannte er Troy gar nicht.

»Und bei dir?«, fragte Troy Azumi. »Hast du noch keine Vision gehabt?«

»Keine einzige«, sagte sie. Dann flüsterte sie ihm zu: »Bist du sicher, dass bei dir alles okay ist?«

»Mir geht's super«, antwortete Troy. Und tatsächlich rauschte das Blut durch seine Adern, als hätte er ein Dutzend Energydrinks getrunken. »Hab mich noch nie besser gefühlt.«

»Glaub ich dir aufs Wort«, mischte sich Joe ein. Er hatte das Spiel unterbrochen und musterte nun durch seine eckige Brille Troys Gesicht mit zusammengekniffenen Augen. »Geweitete Pupillen, stark durchblutete Haut, hohe Herzfrequenz. Ganz klar, du bist auf…«

»Wo ist Medusa?«, unterbrach ihn Troy. Joes unschlagbares Beobachtungstalent war während einer Mission überlebenswichtig, aber dass er Autist war und immer genau das aussprach, was er gerade dachte, nervte manchmal. Nicht alles brauchte laut gesagt zu werden.

»Sie ist bei meinem Vater«, sagte Pandora.

»Ich muss sofort mit allen beiden sprechen«, sagte Troy atemlos.

Pandora nickte und führte ihn durch einen langen Flur aus Marmor. Kristallene Kronleuchter hingen in regelmäßigen Abständen von der Decke und hüllten den Flur in glitzerndes Licht. Auch die übrigen Super Bodyguards folgten ihnen. Denn selbst in der geschützten Villa durften sie Pandora nicht aus den Augen lassen.

Sie durchquerten die Eingangshalle mit ihrem pompösen Treppenaufgang und den riesigen modernen Gemälden und betraten die Bibliothek, die vollkommen mit dunklem Holz getäfelt war. Unzählige wertvolle ledergebundene Bücher reihten sich an den Wänden und über dem Kamin hing das Porträt einer wunderschönen schwarzhaarigen Frau mit dunklen haselnussbraunen Augen, hohen Wangenknochen und sinnlichen Lippen. Die Ähnlichkeit mit Pandora war unübersehbar.

»Meine Mutter«, sagte Pandora sanft, als sie bemerkte, dass Troy sie mit dem Porträt verglich.

Troy wusste aus den Unterlagen, die sie zur Vorbereitung der Mission erhalten hatten, dass ihre Mutter vor fünf Jahren bei einem terroristischen Bombenanschlag ums Leben gekommen war. Er sah, dass Pandoras Lippen bebten; offenbar hatte sie den Tod ihrer Mutter noch nicht überwunden. Und Troy konnte ihren Schmerz nur allzu gut nachvollziehen. Schließlich war es gerade erst ein Jahr her, dass seine eigenen Eltern bei einem Angriff der *Armee der Freiheit* auf ein Einkaufszentrum vor seinen Augen erschossen worden waren. Auch bei ihm saß der Schmerz noch wie ein scharfer Dolch tief im Herzen.

Pandora blieb vor einer Tür stehen, die in ein weiteres Zimmer führte. Hier hielten zwei Sicherheitsleute Wache.

»Ich muss unbedingt meinen Vater sprechen«, sagte sie mit fester Stimme.

Eine der Wachen, ein blonder Bodyguard mit breitem, muskulösem Nacken, klopfte an die Tür. Eine tiefe Stimme antwortete: »Ja?«

Troy folgte Pandora zusammen mit den anderen in einen Salon. Bürgermeister Lomez und Medusa saßen in bequemen Clubsesseln vor den Fenstern. Von dort aus konnten sie einen großen Teil des Parks überblicken. Der Bürgermeister nippte an einem ein Glas Cognak.

»¡Hola, mi niña bonita!«, sagte er und schenkte seiner Tochter ein warmes Lächeln. »Was ist los, mein Schatz?«

Bevor Pandora antworten konnte, trat Troy einen Schritt vor. »Bürgermeister Lomez, wir alle sind in großer Gefahr. Wir müssen sofort hier weg ...«

»Troy, was zum Teufel hast du hier zu suchen?«, fragte Medusa scharf. Sie stand auf; ihre steingrauen Augen blitzten wütend. »Carlos, das tut mir sehr leid. Troy sollte sich von einer schweren Verletzung erholen. Offensichtlich steht er immer noch unter Schock.«

Medusa packte Troy am Arm und schob ihn zur Tür, wobei sie zischte: »Du kannst nicht einfach hier hereinmarschieren und den Bürgermeister beunruhigen!«

»Hören Sie mir doch erst einmal zu! «, rief Troy. »Der Richter hat mich benutzt, um uns allen eine Falle zu stellen!«

Medusa blieb abrupt stehen. *»Was?«*

Troy erzählte Medusa von dem fürchterlichen Plan des Richters. Sie war offenbar so entsetzt, dass sich ihre weißblonden Haarstacheln noch mehr zu sträuben schienen. Schließlich wandte sie sich wieder an den Bürgermeister. »Wir müssen Ihren Schutz sicherstellen. Wenn das stimmt, was Troy sagt, sind Sie nicht einmal mehr hier in Sicherheit.«

Der Bürgermeister wischte ihre Besorgnis mit einer Handbewegung beiseite. »Diese Villa ist praktisch eine Festung. Hier brauchen wir vor der *Armee der Freiheit* keine Angst zu haben«, sagte er unbekümmert und trank einen Schluck Cognak. »Auch nicht vor dem Richter …«

Er stand auf, trat an das große Erkerfenster und winkte sie zu sich. Draußen erstreckte sich eine breite Sonnenterasse bis zu einem ovalen Swimmingpool. Der wolkenlose blaue Himmel reflektierte auf dem Wasser wie in einem Spiegel. Hinter dem Pool lag ein gepflegter, weitläufiger Park mit saftiggrünem Rasen, Statuen, Brunnen und riesigen Bäumen, der von einer hohen Steinmauer umgeben war.

»Wie Sie wissen, Medusa, sind die Außenmauern des Anwesens einen Meter dick und bombensicher«, sagte der Bürgermeister. »Auf der Mauerkrone befindet sich ein Elektrozaun. Bewaffnete Wachen patrouillieren ständig an der gesamten Außenmauer entlang. Jeder Quadratzentimeter des Parks wird durch Kameras abgedeckt; auch im Park patrouillieren Sicherheitsleute. Überall im Rasen befinden sich

Drucksensoren, die zuverlässig Alarm auslösen, sobald ein Eindringling darauftritt. Sämtliche Eingänge zur Villa und zu den Nebengebäuden sind durch elektronische Tastenfelder, Sicherheitsschlösser und Alarmanlagen gesichert. Außerdem sind die Fenster aus dem stärksten Panzerglas hergestellt, das es gibt. Also …«, lächelte er, »ich glaube wirklich nicht, dass wir uns Sorgen machen müssen. Dieser Wohnsitz ist sicherer als jede Festung.«

»Das wird die Terroristen nicht aufhalten«, sagte Troy düster. Schließlich hatte er als Einziger bereits zu sehen bekommen, über welch furchtbare Kräfte die *Armee der Freiheit* verfügte.

Bürgermeister Lomez lachte laut auf. »Nicht einmal Batman könnte in dieses Anwesen eindringen!«

33
Das Jüngste Gericht

»Vor Batman hätte ich keine Angst«, sagte Troy. »Aber vor dem Richter und seinen zwei Helfern – und vor allem vor deren Superkräften. Wir haben es hier mit Verbrechern und Terroristen zu tun und nicht mit den Helden aus den Comics, die ich früher gelesen habe.«

Im hintersten Teil des Parks blitzte es plötzlich grell auf. Die Lichter in der Villa flackerten.

»Ein Blitz? Aber von wo?«, fragte Pandora verwundert und blickte zum wolkenlosen Himmel hinauf.

Azumis Gesicht wurde düster. »Weg vom Fenster, sofort!«

Troy brauchte nicht ihr Talent, durch Visionen die

Zukunft vorhersehen zu können – er wusste auch so, was jetzt geschehen würde. Er riss Pandora zu Boden und warf sich schützend über sie. Nur eine Sekunde später war ein ohrenbetäubender Schlag zu hören, als ob ein großer Stein gegen das Fenster geschleudert worden wäre. Ein rundes Loch erschien außen am Fensterglas, genau in Kopfhöhe des Bürgermeisters.

»Seht ihr?«, fragte der Bürgermeister Lomez gelassen. »Panzerglas.« Er strich mit dem Zeigefinger über die Stelle im Glas, als wollte er das Einschussloch wegwischen, das sich aber tatsächlich nur in der äußeren Glasschicht befand. Äußerlich reagierte er sehr gelassen, aber an seiner linken Schläfe pochte eine Ader und verriet seine innere Unruhe.

»RUNTER!«, schrie Troy. »Das ist der Scharfschütze, Eagle Eye!«

Wieder prallte eine Kugel gegen das Fenster. An exakt derselben Stelle. Risse breiteten sich sternförmig von der Einschussstelle aus. Lomez zuckte zusammen, als die dritte Kugel wieder genau auf die dieselbe Stelle traf. Nun wich auch er langsam vom Fenster zurück.

Selbst aus zwei Metern Entfernung hörte Troy die aufgeregte Männerstimme, die aus Medusas Ohrhörer drang. Medusa lauschte, runzelte die Stirn und sagte dann leise in ihr Mikrofon: »Deltaeinheit zur Unterstützung zum Haupttor. Sofort. «

Der Bürgermeister drehte sich schnell zu ihr um. »Probleme?«

Medusa schüttelte den Kopf. »Nichts, womit meine Sicherheitsleute nicht fertigwerden.«

Hinter der Parkmauer schossen mehrere Lichtblitze empor. Funken stoben aus dem Elektrozaun auf der Mauerkrone wie aus Feuerwerkskörpern, dann rissen die Zaundrähte und baumelten schlaff herab.

Troy zog Pandora auf die Füße. »Wir müssen hier weg. Schnell.«

Der Bürgermeister eilte zu seinem Schreibtisch und zog ein Tablet aus einer Schublade. Er drückte auf ein paar Icons auf dem Display und schon glitt ein Teil der Wand zur Seite. Eine große Bildschirmwand kam zum Vorschein, ein Mosaik aus vielen Einzelmonitoren. Sie zeigten die Bilder der sämtlicher Überwachungskameras, die im Park und in der Villa installiert waren. Auf mehreren Bildschirmen waren Sicherheitsleute zu sehen, die auf weiß maskierte, mit *F4000-Sturmgewehren* bewaffnete Angreifer feuerten.

»Die *Armee der Freiheit* greift an!«, stieß Lennox hervor.

Nach einem minutenlangen Schusswechsel wurde klar, dass die Sicherheitsleute zur Villa zurückweichen mussten. Panik breitete sich unter ihnen aus.

Joe deutete auf die digitale Karte des Anwesens. Im Park blinkten rote Punkte auf. »Sind das die Drucksensoren?«, fragte er.

Der Bürgermeister nickte. »Ausgelöst am südlichen Ende des Parks.«

Lennox schaute durch ein Fenster hinaus. »Ich kann niemanden sehen ... nur zwei Wachen.«

Plötzlich fiel eine der Wachen auf den Rasen und blieb reglos liegen. Nur einen Augenblick später krümmte sich sein Partner zusammen und wurde, wie von einem heftigen Schlag getroffen, rückwärts auf den Boden geschleudert.

»Das ist sehr interessant«, sagte Joe kühl und hob erstaunt eine Augenbraue.

»Interessant? Spinnst du jetzt oder wie?«, rief Lennox ungläubig. »Das ist eine reine Katastrophe!«

Entsetzt beobachteten sie, wie sich einer der Wärter in die Villa zu retten versuchte. Plötzlich kippte eine Marmorstatue von ihrem Sockel und begrub den Sicherheitsmann unter sich.

Pandora griff nach Troys Hand. »Was geht hier vor?«, fragte sie mit bebender Stimme.

»Wir werden angegriffen«, antwortete er. »Die Talente des Richters stürmen die Villa.«

Die beiden, die vor der Tür Wache gestanden hatten, stürzten herein. »Der äußere Schutzring ist durchbrochen worden!«, schrie die blonde Wache.

Angreifer mit Sturmgewehren kletterten über die Parkmauer. Alle trugen weiße Masken.

»Alarmstufe Rot auslösen!«, befahl Medusa. »Evakuierung des Bürgermeisters und seiner Tochter. Sofort.«

Die beiden Wachen wollten den Bürgermeister gerade aus dem Raum führen, als auf einem der Monitore, die die Situation am Haupttor zeigten, ein Gesicht erschien. Eine hässliche schwarz-weiße Maske.

Die lachend-weinende Fratze des Richters füllte den gesamten Bildschirm. Seine heisere, knarzende Stimme dröhnte durch den Raum.

»Der Tag des Jüngsten Gerichts ist gekommen, Bürgermeister Lomez.«

34
Alarmstufe Rot

Troy nahm Pandora an der Hand und zog sie mit sich aus dem Salon. Lennox, Azumi und Joe bildeten einen Schutzring um Pandora. Sie folgten Medusa und den beiden Wachen, die den Bürgermeister in die Tiefgarage der Villa führten.

Im *SPEAR*-Ablaufplan für Alarmstufe Rot war genau geregelt, wie eine Notevakuierung durchgeführt werden musste. Ein gepanzerter SUV stand jederzeit bereit, um den Bürgermeister und seine Tochter zu einem streng geheimen sicheren Haus zu bringen.

»Das hätte nicht passieren dürfen!«, sagte der Bürgermeister. Er klang eher verärgert als verängstigt.

»Nein. Ich muss mich dafür entschuldigen«, antwortete Medusa. Sie blieb vor einem Tastenfeld an der Wand stehen und gab einen Code ein. »Aber wir bringen Sie beide in Sicherheit, versprochen.«

Eine verborgene Tür glitt geräuschlos auf und gab den Weg in ein Treppenhaus frei. Am unteren Ende der Treppe gingen sie durch eine weitere Sicherheitstür und gelangten in die Tiefgarage. Der SUV wartete bereits; die Türen standen offen, der Fahrer saß am Steuer und der Motor lief.

»Ich habe hier ein schlechtes Gefühl«, flüsterte Azumi plötzlich.

»Kein Wunder!«, sagte Lennox sarkastisch. Aus der Ferne war immer noch ein heftiger Schusswechsel zu hören.

»Wir haben keine andere Wahl«, sagte Medusa. »Wir müssen hier raus.« Sie drängte den Bürgermeister, schneller zu laufen.

Troy blickte sich hastig in der Garage um, sah aber niemanden. Er führte Pandora an mehreren luxuriösen Sportautos und Motorrädern vorbei, die dem Bürgermeister gehörten. Aber als sie den SUV erreichten, trat plötzlich ein Mädchen mit schwarzen, an den Spitzen violett gefärbten Haaren hinter einem *Aston Martin* hervor.

»Achtung!«, brüllte Troy. »Das ist Elektra!« Er schob Pandora hinter einen schwarzen *Lotus*. Elektra hob beide Hände; weißblaue Blitze schossen von ihren Handflächen. Der SUV leuchtete grell auf, die Scheinwerfer explodierten, die Windschutzscheibe zerbarst, die Reifen platzten und gingen in Flammen auf. Der Fahrer hinter dem Lenkrad krümmte sich zusammen und schrie vor Schmerzen. Innerhalb von Sekunden verwandelte sich das Fahrzeug in einen Feuerball.

»Was jetzt?«, brüllte der Bürgermeister. Alle gingen hinter einem *Ferrari* mit Klappdach in Deckung.

»Haben Sie einen Schlüssel für eines der Autos?«, fragte Joe ruhig.

»Alle Schlüssel sind oben in meinem Büro«, antwortete der Bürgermeister.

»Das hilft uns jetzt auch nicht weiter«, sagte Joe.

Der Bürgermeister warf ihm einen wütenden Blick zu und zischte: »Das gehört zum Sicherheitskonzept – alle Schlüssel müssen im Safe aufbewahrt werden!«

Elektra hatte inzwischen ein weiteres Ziel ins Auge gefasst, ein *Harley-Davidson*-Motorrad. Eine Flamme zischte hoch, dann erschütterte die Explosion des Tanks die gesamte Garage.

»Hier können wir nicht mehr bleiben«, rief Medusa und versuchte, den Bürgermeister vor der heranrasenden Hitzewolke zu schützen.

»In der Auffahrt steht ein weiterer SUV bereit«, sagte der blonde Bodyguard.

Der andere Bodyguard war eine dunkelhaarige Frau, offenbar von hispanischer Abstammung. Sie schob den Kopf über die Motorhaube und feuerte mit der Maschinenpistole auf Elektra. Die ging hinter einer Betonsäule in Deckung.

»LAUFT!«, sagte die Frau. »Ich gebe euch Feuerschutz.«

Sie durchsiebte die Säule buchstäblich mit Kugeln, sodass sich Elektra nicht mehr hervorwagte, während die anderen zum Treppenhaus zurückrannten. Zwei Stufen auf einmal nehmend, jagten sie durch die große Eingangshalle. Tatsächlich stand ein weiterer SUV in der Auffahrt. Sie warteten, bis der blonde Sicherheitsmann die breite, kiesbestreute Auffahrt überprüft hatte. »Alles klar. Keine *AF*-Kämpfer zu sehen«, meldete er.

Im selben Moment riss seine Partnerin die Tür zum Treppenhaus auf und rannte herein. »Beeilt euch!«, keuchte sie und schlug die Tür hinter sich zu.

»Das Elektro-Mädchen versucht, die Schlösser kurzzuschließen.«

Der blonde Bodyguard stieß die Eingangstür auf, überprüfte erneut den Fluchtweg und nickte seiner Partnerin zu. Die Waffe im Anschlag lief sie als Erste hinaus. Sie kam nur zwei Schritte weit, als sie von einer Kugel in den Kopf getroffen wurde und zusammenbrach. Pandora erstickte einen Aufschrei mit der Hand.

»Eagle Eye!«, sagte Troy. Er spähte hinaus und versuchte, den Scharfschützen im Park auszumachen. »Er verfehlt nie sein Ziel.«

»Es sind fünfzig Meter bis zum SUV«, sagte Joe. »Das bedeutet, wir sind zehn Sekunden lang ungeschützt. Wir sind acht Leute. Eagle Eye hat einen Schuss pro Sekunde auf das Fenster abgegeben. Das heißt, keiner von uns wird überleben.«

»Aber Troy ist doch kugelsicher!«, stieß Lennox hervor.

»Er kann nicht uns alle schützen«, sagte Medusa.

Troy nickte. Auch für ihn wäre es fast Selbstmord, wenn er versuchen würde, einen nach dem anderen zum SUV zu bringen.

Sein Talent – wenn es überhaupt noch funktionierte – könnte vielleicht zwei oder drei Kugeln abhalten. Aber zehn Kugeln würden ihn außer Gefecht setzen. Auch die Kampfpillen würden ihm dann nichts mehr nützen.

»Wir sitzen also in der Falle?«, fragte Pandora mit vor Entsetzen weit aufgerissenen Augen.

»Carlos, Sie haben doch einen gesicherten Raum, nicht wahr?«, fragte Medusa.

Er nickte. »Ja, direkt neben dem Schlafzimmer.«

Sie drehten sich um und rannten die große, geschwungene Treppe hinauf. Kaum hatten sie das obere Stockwerk erreicht, als unten die Eingangstür auch schon von zwei weiß maskierten Angreifern gesprengt wurde. Kugeln flogen ihnen um die Ohren. Troy warf einen Blick zurück und sah einen gedrungenen Jungen mit feistem Gesicht hinter den Terroristen auftauchen.

Seine dunklen, schmalen Augen waren kalt wie die einer Schlange auf Troy gerichtet. Kugeln prallten von den Marmorwänden ab und zerfetzten wertvolle Gemälde. Plötzlich spürte Troy einen leichten Schlag am Arm; seine Jacke hatte ein Loch. Eine Kugel hatte ihn getroffen, aber er spürte keinen Schmerz.

»Hier entlang!«, brüllte Bürgermeister Lomez und führte sie durch einen breiten Korridor. Gerade als sie das Schlafzimmer erreichten, fiel die Tür vor ihnen ins Schloss. Dann hob sich wie von selbst eine große Blumenvase von einem Tisch und traf den Kopf des blonden Sicherheitsmannes. Er taumelte gegen die Wand.

»Die Tür geht nicht mehr auf. Verdammt!«, fluchte Medusa und rüttelte an der Klinke.

Auch Lennox versuchte es und riss sie dabei zu allem Überfluss auch noch ab.

»Sie kommen!«, rief Azumi drängend.

Lennox warf sich mit seinem ganzen Gewicht gegen die Tür, prallte aber immer wieder wie ein Gummiball von ihr ab. Als er Anlauf zu einem weiteren Versuch nahm, löste sich ein großer Spiegel von der gegenüberliegenden Wand und traf ihn mitten im Gesicht.

»Was zum Teufel …?«, brüllte Lennox. Aus einer großen Schnittwunde auf der Stirn quoll Blut.

»Mein Zimmer!«, rief Pandora. »Von dort kommt man auch in den Sicherheitsraum.«

Sie rannten in ihr Schlafzimmer und durch das angrenzende Ankleidezimmer.

Pandora legte den Daumen auf einen Sensor; der raumhohe Spiegel glitt zur Seite; dahinter befand sich eine Stahltür. Vom Flur waren schwere Schritte von Kampfstiefeln und Befehlsgebrüll zu hören. Die Stahltür öffnete sich und alle stürzten in den Sicherheitsraum.

35
Der Schutzraum

Der Sicherheitsraum war für vier Personen ausgelegt. Allerdings hatte der Architekt nicht mit Benutzern gerechnet, die so groß und kräftig wie Lennox und der blonde Sicherheitsmann waren. Sie mussten eng zusammenrücken, um die Tür hinter sich schließen und verriegeln zu können. An einer Seite befand sich eine kleine Kabine mit Toilette und Dusche; auf der anderen Seite ein kleines Waschbecken und eine Kochnische. An der Längsseite stand ein schmales Stockbett, an der gegenüberliegenden Wand ein Regal mit Vorräten und ein kleiner Schreibtisch vor einem an der Wand befestigten Monitor.

Der Bürgermeister setzte sich auf den einzigen Stuhl und tippte ein Passwort ein. Pandora legte sich auf das untere Bett und rollte sich wie ein Fötus zusammen, den Kopf in den Armen vergraben. Troy legte tröstend den Arm um sie. Azumi entdeckte einen Erste-Hilfe-Kasten und machte sich zusammen mit Joe daran, Lennox' Wunde zu reinigen. Medusa und der Sicherheitsmann standen hinter dem Bürgermeister und warteten, bis der Monitor aufleuchtete. Wie ein Schachbrett zeigte er in kleinen Quadraten das Mosaik sämtlicher Überwachungskameras.

Das Video aus der Tiefgarage zeigte den immer noch brennenden SUV.

»Warum ist die Berieselungsanlage nicht angesprungen?«, fragte der Bodyguard.

»Jemand hat sie ausgeschaltet«, sagte der Bürgermeister und deutete auf ein rot blinkendes Symbol.

»Wer?«, wollte Medusa wissen.

»Entweder der Richter oder Elektra«, antwortete Joe, während er Lennox' Verband befestigte. »Wasser und Elektrizität vertragen sich bekanntlich nicht. Die Terroristen wollen sich nicht aus Versehen selbst durch Stromschläge umbringen.«

Ein anderes Video zeigte das Haupttor, hinter dem mehrere Wachen der Villa lagen. Sterbend oder schon tot.

»Ich kann es nicht fassen!«, murmelte der Bürgermeister. Die Ader an seiner linken Schläfe pulsierte noch heftiger als zuvor. »Das ist …«

Er brach ab, als die Kamera in Pandoras Schlafzimmer eine Gestalt mit schwarz-weißer Maske zeigte, die ins Zimmer trat und vor einem großen Spiegel stehen blieb. Elektra und der Junge mit dem Schlangenblick, den Troy in der Eingangshalle gesehen hatte, tauchten hinter ihm auf.

Die Gestalt mit der schwarz-weißen Maske blickte direkt in die Kameralinse.

»Klopf, klopf!«, sagte der Richter spöttisch und pochte an den Spiegel. »Du kannst dich nicht verstecken, Lomez. Deine Sünden holen dich ein.«

»Ich habe keine Sünden begangen«, zischte der Bürgermeister in das Mikrofon am Bildschirm. »Was willst du von mir, Richter?«

»Du weißt, was ich von dir will«, antwortete der Richter. »Mach die Tür auf, damit wir die Angelegenheit wie zivilisierte Menschen besprechen können.«

»Zivilisiert?«, fauchte der Bürgermeister. »Für wie blöd hältst du mich?«

»Ich halte dich nicht für blöd, sondern für schuldig«, antwortete der Richter. »Deshalb wirst du dich vor dem Gericht verantworten müssen.«

Bürgermeister Lomez lachte laut auf. »Du bist der Schuldige hier – und wahnsinnig!«

Medusa sprach ins Mikrofon. »Richter, verlassen Sie sofort dieses Anwesen, sonst ...«

»Ah, Medusa!«, unterbrach sie der Richter in erfreutem Tonfall. »Wir beide haben auch noch ein paar Dinge zu klären.«

Der Schock stand Medusa ins blasse Gesicht geschrieben, dass der Richter ihre Stimme erkannt hatte. Sie schluckte und räusperte sich. »Die ... die Polizei ist auf dem Weg«, sagte sie. »Sie hat den Auftrag, sofort auf jeden zu schießen, der sich widersetzt, und notfalls auch zu töten.«

»Ach Medusa«, antwortete der Richter mit höhnischer Stimme, »vor der Polizei habe ich ganz bestimmt keine Angst. Und vor dir auch nicht. Genau genommen fürchte ich mich vor niemandem ... außer vor Gott natürlich. Dafür solltet ihr zittern vor Furcht, eure Sünden bereuen und euch um euer Seelenheil sorgen. Ach übrigens: Ich habe alle Kommunikationskanäle blockiert. Niemand ist unterwegs, um euch zu retten ...«

Noch während der Richter sprach, flüsterte Azumi in Troys Ohr: »Wie viele von uns haben es in den Raum geschafft?«

Troy runzelte die Stirn. »Acht.«

»Warum spüre ich dann *neun* Personen im Raum?«

Troy blickte sich rasch um. Acht Personen. Die Tür zur Toilettenkabine war nur angelehnt, aber auch dort sah er niemanden.

»... öffnet also den Sicherheitsraum, dann erbarmt sich Gott vielleicht doch noch eurer Seelen«, fuhr der Richter fort.

»Nein – du verschwindest jetzt mit deiner gesamten Terroristenbande von meinem Grund und Boden, dann erbarme ich mich vielleicht deiner Seele, Richter, aber nur vielleicht!«, bellte Bürgermeister Lomez ins Mikrofon. »Deine Terrorherrschaft ist vorbei.«

Der Richter lachte laut auf. »Meine Aufgabe lautet, Terminus City von ihren Sünden zu befreien, und das hier ist nur der Anfang. Soweit ich sehen kann, bist du momentan nicht in der Situation, mir zu drohen.«

»Die Stahltüren hier haben ein internes Verschlusssystem. Nicht mal dein Elektro-Mädchen kann sie kurzschließen«, sagte der Bürgermeister selbstsicher. »Uns schützt eine Stahlbetonmauer, die einen Meter dick ist. Außerdem haben wir unser eigenes Luftfiltersystem und Lebensmittelvorräte. Krieche zurück in dein Höllenloch, Richter. Hier wirst du *niemals* hereinkommen.«

»Da wäre ich mir nicht so sicher«, sagte der Richter höhnisch. Er hob eine Hand vor die Kamera und sagte wie ein Zauberkünstler: »Sesam, öffne dich!«

Entgeistert sahen sie, wie sich der schwere Riegel an der Tür von selbst zurückschob. Wie von unsichtbarer Hand – von innen.

36
Der Prozess

»Nun kann der Prozess beginnen«, verkündete der Richter.

Er schlug mit einem kleinen Holzhammer auf den Tisch. Das scharfe *BAM!* hallte von den Wänden des Salons wie ein Pistolenschuss.

Troy blickte sich verzweifelt nach einem Fluchtweg um. Aber sie waren von allen Seiten eingeschlossen. Zwei weiß maskierte *AF*-Kämpfer mit Sturmgewehren bewachten den Ausgang. Zwei weitere standen vor dem Erkerfenster. Direkt hinter dem Richter standen Elektra, Eagle Eye und zwei weitere Jugendliche, der Junge mit dem Schlangenblick, den Troy schon am Eingang gesehen hatte, und ein Mädchen, dem Troy noch nicht begegnet war. Es hatte tiefschwarzes Haar und eine golden schimmernde Gesichtshaut. »Shifter«, hatte der Bürgermeister sie genannt, als sie plötzlich wie aus dem Nichts an der Tür des Sicherheitsraums erschienen war. Ihr Talent war die Tarnung: Ihre Haut glich der eines Chamäleons. Sie war die neunte unsichtbare Person im Raum gewesen, die Azumi gespürt hatte, und sie war es auch, welche die Tür geöffnet hatte. Ihre Tarnfähigkeit war auch die Erklärung für den mysteriösen Angriff auf die Wachen draußen im Park.

Der Schlangenaugenjunge stand so unbeweglich und starr wie eine Kobra kurz vor dem Angriff. Welches Talent er besaß, wusste Troy noch nicht, aber er hatte einen bestimmten Verdacht.

»Der Angeklagte soll vortreten!«, befahl der Richter.

»Das ist doch lächerlich!«, rief Bürgermeister Lomez. Ohne auf den Richter und die maskierten Kämpfer zu achten, ging er zur Bar und goss sich ein Glas Cognak ein. »Du treibst deinen Kreuzzug zu weit, Richter.«

Troy war verblüfft, wie unverfroren der Bürgermeister auftrat. Doch dann sah er, wie Lomez eine Pistole aus dem Barschrank nahm, sie heimlich in den Gürtel steckte und den Pullover darüberzog. Sein Mut war beeindruckend.

Kein Wunder, dass er der Bürgermeister von Terminus City ist, dachte Troy.

»Mehr Achtung vor dem Gericht, Bürgermeister!«, warnte ihn der Richter scharf. »Du bist des Betrugs, der Erpressung und des Mordes angeklagt.«

Bürgermeister Lomez kippte den Cognak in einem Zug hinunter und lachte höhnisch. »Das hier ist kein Gericht, sondern eine illegale Show! Und die Verbrechen, die du mir vorwirfst, sind deine eigenen, Richter!«

»Nicht ich stehe hier unter Anklage«, antwortete der Richter, »sondern du.«

Er nickte einem seiner Kämpfer zu, der den Bürgermeister packte und zu den übrigen »Angeklagten« zurückdrängte.

»Euch anderen«, fuhr der Richter fort, »erkläre ich hiermit, dass Bürgermeister Lomez der eigentliche Anführer der *Armee der Freiheit* ist. Er hat Terminus City von Anfang an über die Bedrohung belogen. Er war es, der Gewalt und Angst verbreitete, damit er weiterhin Bürgermeister bleiben und die Macht in der Stadt ausüben kann. Und er ist schuld an dem Tod der Ratsmitglieder und zahlreicher Bürger …«

»Das sind abscheuliche Behauptungen«, fiel Medusa ihm scharf ins Wort. »Halten Sie uns wirklich für so dumm, dass wir das …«

»Ruhe, Medusa!«, donnerte der Richter. »Dein Prozess steht als nächster auf der Tagesordnung!«

Pandora war genauso mutig wie ihr Vater; energisch trat sie vor. »Mein Vater würde so etwas niemals tun!«, schrie sie aufgebracht. »Er wurde zum Bürgermeister der Stadt gewählt! Die Menschen vertrauen ihm, sie wollen, dass er die *Armee der Freiheit* bekämpft und aus der Stadt vertreibt! Niemals würde er sich auf die Seite der Terroristen stellen!«

»Mein liebes Kind«, seufzte der Richter nachsichtig. »Wenn man ein Volk unter Kontrolle halten will, verbreitet man am besten Angst und Schrecken. Man erfindet einen äußeren Feind, sodass die Menschen unruhig und besorgt werden. Dann kann man als Retter auftreten und absolute Macht über die Bevölkerung ausüben. Das machen alle Diktatoren so.«

»Du hast keinerlei Beweise für diese Anschuldigungen«, rief Bürgermeister Lomez. »Keiner wird sie dir glauben!«

»Elektra, ich denke, der Bürgermeister braucht bei seinem Geständnis ein wenig Nachhilfe«, sagte der Richter.

Elektra richtete ihren funkensprühenden Zeigefinger auf Lomez. Der starrte sie wütend an. »Versuchen kannst du es ja, aber ihr werdet kein Wort aus mir herausbringen!«

»In Ordnung.« Elektra zuckte gleichgültig die Schultern. »Vielleicht kann dich ja deine Tochter zum Reden bringen.«

Bevor Troy reagieren konnte, richtete Elektra ihren Finger blitzschnell auf Pandora. Ein Blitz schoss heraus und traf Pandora mitten in die Brust. Das Mädchen brach zusammen.

»Nein!«, schrie Troy und warf sich zusammen mit Lennox und Azumi über sie, um sie vor weiteren Angriffen zu schützen.

Elektras Hand knisterte und glühte auf, als sich ein weiterer Stromschlag in ihrer Hand auflud.

»STOPP!«, brüllte der Bürgermeister, rot vor Wut. »Du stehst unter meinem Befehl!«

Der Richter schüttelte den Kopf. »Jetzt nicht mehr.« Er gab Elektra ein Zeichen aufzuhören. »Aber danke für dein Geständnis.«

Medusa, Troy und alle anderen starrten den Bürgermeister fassungslos an.

»Vater?«, fragte Pandora ungläubig, während sie um Atem rang und vor Schmerz und Schock Tränen in ihre Augen traten.

»Ich … ich … ich meine … hier habe ich den Befehl … Schließlich bin ich der Bürgermeister«, stotterte Lomez, konnte aber dem fragenden Blick seiner Tochter nicht standhalten.

»Dein höchst unmoralischer Plan ist völlig schiefgelaufen. Der Schuss ist nach hinten losgegangen«, sagte der Richter. »Du hast mich als Waffe benutzt, um Angst und Schrecken in der Stadt zu verbreiten. Aber jetzt ist die Waffe auf dich selbst gerichtet. Man nennt das auch den *Bumerang-Effekt.*«

Der Richter schlug mit dem Hammer auf den Tisch.

»Bürgermeister Lomez, Sie sind schuldig im Sinne der Anklage. Ich verurteile Sie zum Tode.«

37 Hinrichtung

»Das kann nicht sein!«, rief Troy, als der Richter eine Pistole zog und vor sich auf den Tisch legte. »Ihre Leute hatten es doch immer auf Pandora abgesehen! Warum sollte Bürgermeister Lomez seine eigene Tochter umbringen wollen?«

Die schwarz-weiße Maske des Richters wandte sich zu Troy um. »Der Bürgermeister wollte, dass alle glaubten, die Terroristen hätten es besonders auf Pandora abgesehen. Das hat die Leute noch ängstlicher gemacht als alles andere. Und es lenkte jeden Verdacht von ihrem Vater ab und verschaffte ihm als Bürgermeister noch mehr Macht. Erinnerst du dich an das, was ich dir in der U-Bahn-Station gesagt habe? Dass du mal darüber nachdenken solltest, wen du schützt und aus welchem Grund? Dass ich nur die Waffe sei? Jetzt hat es Bürgermeister Lomez selbst zugegeben: Er ist derjenige, der den Finger am Abzug hat.«

Troy suchte im Gesicht des Bürgermeisters nach einem Hinweis, dass nichts davon stimmte. Aber die Wahrheit stand Pandoras Vater nur allzu deutlich ins Gesicht geschrieben. Troy wurde klar, dass dieser Mann auch verantwortlich für den Tod seiner eigenen Eltern war.

Der Richter hob die Pistole und richtete sie auf den Bürgermeister. »Ich bin dein Richter und dein Henker …«

Bürgermeister Lomez blickte sich nach seinem blonden Sicherheitsmann um. »Verdammt, tu was! Beschütze mich!«

Doch die Wache schüttelte den Kopf und wich langsam zurück.

»Das bedeutet, Bürgermeister, dass du deine Macht verlierst«, sagte der Richter kalt und schoss dem Sicherheitsmann eine Kugel zwischen die Augen.

Jetzt schützte den Bürgermeister niemand mehr. Lomez sprang vor, packte Troy und hielt ihn wie einen Schutzschild vor sich.

Dann riss er seine Pistole aus dem Gürtel und feuerte auf den Richter.

Der Schuss kam aus nächster Nähe, ging aber daneben; stattdessen zersplitterte der Spiegel an der Wand hinter dem Richter. Und schon wurde dem Bürgermeister die Waffe entrissen, flog durch die Luft und landete in den Händen des merkwürdigen Jungen mit den Schlangenaugen.

»Hast du schon vergessen, dass Feng die Fähigkeit zur Telekinese hat?«, fragte der Richter spöttisch.

Das bestätigte Troys Verdacht: Feng konnte Gegenstände allein durch seine Gedanken bewegen. Deshalb kippten Statuen plötzlich um, schlossen sich Türen ohne Zutun und Gegenstände flogen durch die Luft.

»Der Super Bodyguard nützt dir nichts mehr, Bürgermeister, der verliert leider seine Fähigkeiten«, sagte der Richter mit einem grausamen Lachen. »Er ist nicht mehr kugelsicher.«

Der Richter drückte ab.

Troy spürte, wie die Kugel seine Schulter durchschlug. Wieder fühlte er keinen Schmerz – doch der Bürgermeister schrie auf und riss ihn mit sich zu Boden. Pandora stürzte zu ihrem Vater. Blut floss aus der Schusswunde in seiner Brust.

»Es tut mir leid … mi niña bonita«, stöhnte ihr Vater. »Ich wollte uns nur beschützen … wollte Terminus City beschützen … Als deine Mutter starb, habe ich mir geschworen, die absolute Macht zu übernehmen … damit es nie wieder geschehen würde … ich musste zwischen Sicherheit und Freiheit entscheiden … man kann nicht beides haben …«

Der Kopf des Bürgermeisters rollte zur Seite. Pandora schluchzte auf und zog ihren toten Vater an sich, während ihr Tränen über das Gesicht liefen.

»Troy! Alles okay?«, fragte Lennox und half ihm, sich aufzusetzen.

Troy nickte. Er untersuchte das zweite Loch in seiner Jacke. Blut war nicht zu sehen, aber er wusste, dass ihn nicht sein Talent, sondern die Kampfpillen geschützt hatten. Er wollte lieber nicht wissen, was geschehen würde, wenn ihre Wirkung nachließ.

»Du bist der leibhaftige Teufel!«, schrie Medusa und funkelte den Richter mit ihren steingrauen Augen wütend an. »Wie kannst du es wagen, auf den Jungen zu schießen, um den Bürgermeister zu töten?«

»Ich habe ihn nicht gebeten, sich in die Schusslinie zu stellen«, antwortete der Richter gelassen. »Das warst du, Medusa.« Er hielt inne. »Hast du deinen kleinen Super Bodyguards eigentlich schon mal erzählt, dass ihre Fähigkeiten plötzlich nachlassen können? Nein, wahrscheinlich nicht. Es ist so, wie ich dir gesagt habe, Troy: Medusa hat euch nicht die *ganze* Wahrheit gesagt. Sie interessiert sich nur für *SPEAR*. Dass sie dabei euer Leben aufs Spiel setzt, ist ihr völlig egal.«

Troy blickte Medusa forschend an. Sie starrte mit weit aufgerissenen Augen zurück und schüttelte den Kopf.

»Hört nicht auf ihn«, bat sie. »Ihr wisst doch, dass mir eure Sicherheit wichtiger ist als alles andere.«

»Hast du ihnen auch von deinem eigenen Talent erzählt? Deiner Fähigkeit, das Bewusstsein anderer Menschen zu manipulieren?«, fragte der Richter.

Troy und seine Freunde warfen sich überraschte Blicke zu.

»Das erklärt einiges«, sagte Joe sachlich.

»Ihr Talent ist mit der Zeit schwächer geworden«, räumte der Richter ein, »aber sie kann immer noch die Entscheidung eines verletzlichen Jugendlichen beeinflussen.«

»Er lügt!«, schrie Medusa. Troy erinnerte sich

plötzlich wieder daran, wie intensiv sie ihn mit ihren steingrauen Augen angeblickt und in ihren Bann geschlagen hatte. *Komm zu SPEAR. Das ist deine einzige Chance*, hatte sie gesagt und ihm damit die Entscheidung abgenommen.

»Damit ist auch dein Prozess beendet, Medusa«, sagte der Richter. »Das Urteil ist gefällt – es ist dasselbe wie das für den Bürgermeister.«

Als er seine Waffe auf sie richtete, zischte Medusa: »Und wann ist *dein* Prozess, Richter?«

»Auch meine Zeit wird kommen«, erklärte er. »Jeder steht irgendwann vor dem Jüngsten Gericht.«

Und er drückte auf den Abzug.

38 Auferstehung

In der Millisekunde, bevor der Richter den Abzug vollends durchdrückte, schrie Azumi warnend: »Augen zu! Ohren zuhalten!«

Nur einen Herzschlag später explodierte das Erkerfenster in einem Hagelsturm aus Glasscherben. Die beiden am Fenster stehenden Terroristen wurden wie Puppen weggefegt; der Richter wurde mitsamt seinem Stuhl zurückgeschleudert. Die Kugel, die für Medusas Herz bestimmt war, verfehlte ihr Ziel und streifte sie an der Schläfe.

Benommen ließ sie sich auf die Knie fallen. Blut strömte über ihr Gesicht. Eine Blendgranate klapperte über das Parkett. Ein weißer Blitz und ein ohrenbetäubender Donnerschlag folgten.

Trotz Azumis Warnung klingelten Troys Ohren. Doch im Gegensatz zum Richter und den gegnerischen Talenten hatte ihn die Granate weder geblendet noch desorientiert. Durch die Rauchschwaden sah Troy die Salontüren auffliegen. Ein Schutzengel erschien …

Kasia!

Blitzschnell entwaffnete sie die übrigen Angreifer und setzte sie mit dem Kolben eines ihrer Gewehre außer Gefecht. Nur einen Augenblick später stieg Apollo durch das zersplitterte Fenster. In der Hand hielt er das größte Maschinengewehr, das Troy je gesehen hatte.

»Du hast meine Nachricht also erhalten?«, stöhnte Medusa. Apollo hob sie wie eine Puppe vom Boden hoch und stellte sie wieder auf die Füße.

»Laut und deutlich«, antwortete Apollo.

»Kasia, du bist wieder da?«, rief Troy und hätte sie am liebsten umarmt.

»Auferstanden von den Toten«, sagte sie grinsend. Das Glitzern in ihren Augen verriet ihm, dass auch sie ein paar Kampfpillen eingeworfen hatte.

»Beeilt euch!«, brüllte Apollo, als er sah, dass weitere weiß maskierte Angreifer über den Rasen zur Villa stürmten.

Troy zog die schluchzende Pandora von ihrem

Vater weg. »Er ist gegangen, für immer«, sagte er ohne das geringste Mitleid für den Mann, der so gewissenlos das Leben seiner eigenen Tochter aufs Spiel gesetzt hatte. »Aber du lebst … und wir haben geschworen, dich zu beschützen.«

Dicht gefolgt von den anderen rannten sie nach draußen. Apollos Waffe feuerte Salve um Salve ab und ließ die Weißmaskierten wie Bowlingkegel zu Boden gehen. Wer den Feuerstoß überlebte, suchte verzweifelt nach Deckung, um dann ebenso heftig zurückzufeuern.

»Der Weg zum Fluchtauto ist versperrt«, sagte Kasia, als sie alle hinter den Säulen, die den Swimmingpool säumten, in Deckung gegangen waren.

»Was ist mit dem SUV auf dem Vorplatz?«, fragte Joe.

»Gute Idee «, sagte Medusa. »Apollo, gib uns Feuerschutz.«

Apollos mächtiges Gewehr feuerte erneut. Joe sprintete als Erster los, doch plötzlich prallte sein Kopf zurück, als sei er gegen einen unsichtbaren Baum gerannt. Er spuckte Blut. Schon traf ihn ein weiterer Schlag von unsichtbarer Hand und er stürzte auf den Rasen.

»Das ist Shifter!«, schrie Troy.

»Wo ist sie? Ich kann sie nicht sehen«, rief Lennox. Er half Joe auf die Füße und hob kampfbereit die Fäuste.

»Aber ich kann sie spüren«, sagte Azumi und führte einen perfekten Sidekick in die Luft aus. Jemand stöhnte auf. Für einen kurzen Augenblick wurde ein Paar dunkelbraune Augen sichtbar … dann war nichts mehr zu sehen.

»Vor mir kannst du dich nicht verstecken«, sagte Azumi und führte einen Roundhousekick aus. Sie schien mit der Luft zu kämpfen. Aber ihre starken Kicks und Fausthiebe fanden immer ihr Ziel.

»Kommt«, drängte Medusa. »Schnell zum …«

Ein gewaltiger Stromschlag traf sie und schleuderte sie rücklings auf den Boden.

»Nicht so hastig, Freunde!« Elektra kam aus dem Salon marschiert und hob die Hand in ihre Richtung. Ein dünner Lichtbogen schoss aus ihrer Handfläche. Troy schützte Pandora mit dem eigenen Körper und bekam den Elektroschock zu spüren. Zwar verhinderten die Kampfpillen, dass die Schmerzen so stark waren wie bei den früheren Stromschlägen; trotzdem schoss die Spannung durch jeden einzelnen Muskel. Hilflos zuckend fiel er ins Gras.

Jetzt stürzte sich Lennox auf Elektra. Sie wirbelte herum und feuerte mehrere Stromstöße ab, die wie Blitze in seinen Körper einschlugen. Aber damit konnte sie sich den bärenstarken Lennox nicht vom Leib halten. Wie ein Rammbock krachte er gegen sie, packte sie und warf sie zu Boden. Kämpfend und funkensprühend rollten sie durch das Gras.

Als das Zucken in Troys Muskeln endlich nachließ, spürte er, dass ihn jemand am Arm rüttelte. Pandora schaute auf ihn hinab, Tränen rannen ihr aus den Augen. »Troy! Troy!«

»Ich … alles in Ordnung«, murmelte er, als ihm klar wurde, dass sie seinetwegen Tränen vergoss. Sie half ihm aufzustehen.

Joe hatte sich inzwischen von Shifters hinterlistigem Angriff erholt, saß auf dem Rasen und hatte offenbar nichts Wichtigeres zu tun, als in aller Seelenruhe seine Brille wieder geradezubiegen. Neben ihm lag Medusa. Ihr Körper zuckte immer noch, aber andere Lebenszeichen waren nicht mehr zu sehen. Apollo war vollauf damit beschäftigt, die restlichen Angreifer in Schach zu halten. Sein Gewehr feuerte ohne Unterbrechung, aber allmählich wurde die Munition knapp. Dann geriet auch noch die Säule ins Wanken, hinter der er in Deckung kniete.

»Apollo!«, brüllte Troy. »Passen Sie auf!«

Apollo konnte sich gerade noch rechtzeitig mit einem Hechtsprung retten, als die Säule umstürzte und in hundert Stücke zerbarst. Doch ein Bruchstück schwebte plötzlich hoch und flog blitzschnell auf Kasias Kopf zu. Kasia tauchte unter dem Wurf weg. Ihre Reflexe hatten ihr wieder einmal das Leben gerettet.

»Das ist Feng!«, brüllte Troy. Er deutete auf den dunkelhaarigen Jungen, der vor dem zerbrochenen Erkerfenster stand. Seine schmalen Augen waren in höchster Konzentration zusammengekniffen.

»Bring Pandora in Sicherheit!«, befahl Kasia und wich einem weiteren Steinbrocken aus, den Feng mit seinen telekinetischen Kräften auf sie geschleudert hatte. »Wir schaffen das hier alleine.«

39
In der Schusslinie

Troy und Pandora rannten, so schnell sie konnten, zur anderen Seite der Villa. Der SUV wartete noch immer mit laufendem Motor in der Kiesauffahrt. Troy warf einen Blick über die Schulter. Seine Freunde waren in heftige Kämpfe gegen Elektra, Feng und Shifter verwickelt. Apollo war die Munition ausgegangen. Troy zögerte. Durfte er seine Freunde im Stich lassen? Plötzlich prallte eine Kugel direkt neben Pandoras Kopf von der Backsteinmauer ab.

Instinktiv warf sich Troy in die Schusslinie. Eine zweite Kugel schlug gegen die ausgebreiteten Flügel einer Engelsstatue, höchstens einen Meter von ihnen entfernt. Troy hörte jemanden fluchen. Eagle Eye trat hinter einem Gebüsch hervor, das Gewehr auf Pandora gerichtet.

Troy schüttelte erstaunt den Kopf. »Ich dachte, du triffst immer?«

»Tu ich auch!«, zischte Eagle Eye wütend. Er kam näher, um eine bessere Schussposition zu bekommen. Doch er musste ständig blinzeln; die grotesk großen Augen tränten heftig. Offenbar hatten Blendgranaten bei ihm eine noch stärkere Wirkung als bei anderen Menschen.

Als der Scharfschütze sich die nassen Augen wischte, um besser zielen zu können, jagte Joe von hinten heran und kickte ihn mit aller Kraft in die Kniekehlen. Eagle Eye stürzte und Joe warf sich auf ihn. »Lauft!«, schrie Joe, während er versuchte, Eagle Eye das Gewehr aus den Händen zu winden.

Troy griff nach Pandoras Hand und zog sie mit sich zum SUV. Er riss die Tür auf; sie sprangen hinein … aber Troy konnte das Auto nicht anlassen.

»Dazu braucht man das hier«, sagte eine knarzende Stimme.

Die weiße Seite der Maske des Richters grinste ihn durch das Fenster an. In einer Hand ließ er den schwarzen Autoschlüssel baumeln; mit der anderen Hand hielt er eine Pistole auf Troys Kopf gerichtet.

»Aussteigen!«, befahl er und winkte mit der Waffe.

Sie leisteten seinem Befehl Folge. Troy stellte sich schützend vor Pandora und blickte den Richter wütend an.

»Ist sie es wirklich wert, beschützt zu werden?«, fragte der Richter und wies mit der Pistole verächtlich auf Pandora. »Würdest du wirklich dein Leben für die Tochter des Mannes opfern, der deine Eltern ermordet hat?«

»Pandora ist nicht schuld an dem, was ihr Vater getan hat«, antwortete Troy. »Auch an Ihren Händen klebt Blut, Richter!«

»Pandora trägt die Sünden ihres Vaters in sich«, zischte der Richter. »Sie darf nicht am Leben bleiben.«

Sein Finger krümmte sich um den Abzug. »Letzte Gelegenheit …«

Troy rührte sich nicht von der Stelle.

In dem Augenblick, in dem die Kugel in seine Brust einschlug, stieß er Pandora aus der Schusslinie. »LAUF!«, brüllte er.

Als er auf den Boden sank, sah er Pandora, die die Auffahrt hinaufrannte.

Troys Brust brannte wie Feuer und ihm wurde klar, dass die Kampfpillen allmählich ihre Wirkung verloren.

Der maskierte Kopf des Richters beugte sich über ihn. Der Richter lud die Waffe nach. »Was für ein heldenhaftes Opfer, Troy. Aber du schiebst nur auf, was unausweichlich ist.«

Seelenruhig und eiskalt zielte der Richter auf die fliehende Pandora und feuerte ihr eine Kugel in den Rücken.

40
Göttliche Gerechtigkeit

»NEEEEEEIN!«, brüllte Troy, als Pandora taumelte und verzweifelt weiter zu fliehen versuchte, und seien es nur ein paar Schritte.

Der Richter schoss ein weiteres Mal. Pandora schlug auf dem Boden auf.

»DU TEUFEL!«, brüllte Troy, außer sich vor Wut und Verzweiflung. »DU ELENDER FREAK!«

»Sei vorsichtig, was du sagst, Troy«, warnte ihn der Richter. Seine Stimme klang so tonlos wie immer. »Sonst muss ich auch dich vor Gericht stellen.«

»Deine Prozesse sind keine Prozesse!«, brüllte Troy. »Sie sind nichts als Ausreden für brutalen Mord!«

»Ich bin der Todesengel«, verkündete der Richter.

»Ich wurde gesandt, um diese Stadt von ihren Sünden zu reinigen – das und nichts anderes tue ich.«

Die Schmerzen in Troys Brust waren unerträglich, Blut quoll aus den Löchern in seiner Jacke. Er sah, dass seine Freunde noch immer verzweifelt, aber hartnäckig gegen die Talente des Bösen kämpften. Apollo hatte inzwischen die letzte Kugel abgefeuert und war am Bein getroffen worden. Er versuchte gerade, die immer noch bewusstlose Medusa in Sicherheit zu bringen. Azumis Sonnenbrille war zerbrochen, sie blutete aus dem Mund und war im Begriff, den Kampf gegen Shifter zu verlieren. Bei jedem Treffer, der Azumi mit Fäusten oder Füßen gelang, wurde das Geistermädchen für einen kurzen Moment sichtbar. Eagle Eye hatte Joe überwältigt, saß rittlings auf ihm und drückte ihm die Gewehrmündung an den Hals. Lennox hielt Elektra fest umklammert. Blaue Stromstöße und Blitze zuckten von ihren Händen über seinem Rücken. Er brüllte vor Wut und Schmerz, schaffte es aber irgendwie, ihrem Angriff standzuhalten. Aber wie lange noch?

Und dann kam Kasia den Weg heraufgerannt. Im Lauf duckte sie sich, wirbelte herum, wich den Ziegeln, Steinen und Trümmerstücken der zerbrochenen Säule aus, die Feng unablässig auf sie schleuderte. Als sie Troy wehrlos vor den Füßen des Richters liegen sah, starrte sie einen Augenblick lang geschockt und bestürzt herüber. Doch dann wirbelte sie herum und schrie: »Ist das alles, was du kannst, Feng? Mit Kieselsteinen werfen?«

Als Antwort schleuderte Feng die Steinbrocken noch schneller. Kasia musste ein Stück zurückweichen.

Troy wurde klar, dass sie besiegt waren. Verbittert starrte er die schwarz-weiße Maske an, die sich über ihn beugte. »Du bist kein Engel – du bist der Teufel. Das ist der Grund, warum du dich hinter einer Maske mit zwei Gesichtern versteckst.«

»Ich sage dir, warum ich diese Janusmaske trage«, sagte der Richter. »Janus ist der römische Gott des Anfangs und des Endes. Er entscheidet über den Anfang und das Ende jeden Konflikts. Die Türen seines Tempels öffnen sich, wenn ein Krieg ausbricht, und schließen sich wieder, wenn es Frieden gibt. Unter meiner Herrschaft wird es einen neuen Anfang geben, denn ich werde Terminus City den wahren Frieden bringen.«

Der Richter zielte auf Troys Stirn.

»Doch zuerst müsst ihr Super Bodyguards vernichtet werden.«

Troy hatte nicht mehr die Kraft, sich zu wehren. Die Wirkung der Kampfpillen hatte so stark nachgelassen, dass ihn nun weißglühender Schmerz überwältigte. Sein Lebenswille versiegte. Er war nicht mehr kugelsicher; der nächste Schuss würde sein Ende sein.

Doch in diesem letzten, entscheidenden Augenblick stürzte sich ein Engel vom Himmel. Er krachte mit voller Gewalt auf den Kopf des Richters. Der Maskierte brach auf dem Kies neben Troy zusammen. Blutrote Tränen flossen aus der schwarz-weißen Maske.

41
Der Schutzengel

»Das war knapp!«, sagte Kasia und kniete neben Troy nieder. »Ich hätte fast nicht mehr rechtzeitig ausweichen können.«

Troy richtete sich auf und blickte auf den Marmorengel, den Feng genau in dem Augenblick, als sich Kasia von hinten an den Richter heranschlich, auf Kasia geschleudert hatte. Sie war dem Engel im letzten Sekundenbruchteil ausgewichen, sodass stattdessen der Richter getroffen wurde.

»Das könnte man wohl göttliche Gerechtigkeit nennen«, sagte sie mit schadenfrohem Grinsen.

Schritte knirschten auf dem Kies. Feng erschien in der Auffahrt. Wie erstarrt blieb er stehen, als er den Richter tot unter dem Steinengel liegen sah – den er selbst geworfen hatte. Einen Moment lang glaubte Troy, Feng würde den Engel hochschweben lassen, um ihn noch einmal mit voller Wucht auf Troy und Kasia zu schleudern, aber der Junge zögerte. Zu groß war der Schock angesichts des Fehlers, der ihm unterlaufen war. Entsetzt wandte sich Feng ab und schrie den anderen Talenten zu: »Der Richter ist tot!«

Ohne den Anführer, der die ganze Macht in Händen gehalten hatte, brach Fengs Kampfeswille in sich zusammen. Er rannte davon und verschwand zwischen den Bäumen.

Kasia stieß den toten Richter mit dem Fuß an. »Mit der Treue deiner Talente ist es offenbar nicht sehr weit her, Richter!«, sagte sie. Sie half Troy, sich aufzusetzen. Seine Brust brannte wie Feuer und sein Hemd war blutgetränkt.

»Du musst sofort ins Krankenhaus«, stellte Kasia sachlich fest und nahm den Schlüsselbund aus der leblosen Hand des Richters.

»Was ist mit den anderen?«, keuchte Troy.

Kasia blickte über die Schulter. »Die räumen noch auf«, sagte sie grinsend.

Azumi sprang gerade in die Höhe und versetzte der Luft einen verheerenden Roundhousekick. Einen

Sekundenbruchteil danach erschien vor ihren Füßen ein regloser Körper. Azumis Ferse hatte den Kiefer des unsichtbaren Mädchens erwischt und sie bewusstlos geschlagen.

Lennox leuchtete wie eine überdimensionale Stehlampe in Menschengestalt. Elektrische Lichtstrahlen zuckten über seinen Körper, während er mit einer unglaublichen Anstrengung die wütend strampelnde Elektra hoch in die Luft stemmte und mit aller Kraft in den Swimmingpool schleuderte. Eine riesige Fontäne aus Wasser und Funken schoss in die Höhe und ging in zischenden Rauch über. Als sich der lichtete, trieb Elektras regloser Körper auf der Wasseroberfläche.

»Du hattest recht, Joe«, rief Lennox. Rauch quoll immer noch aus seiner schwarzen Lockenmähne. »Wasser und Strom vertragen sich nicht so gut!«

Aber im Gegensatz zu seinen Freunden hatte Joe es nicht geschafft, seinen Gegner auszuschalten. Zwar war es ihm gelungen, Eagle Eye von sich zu schieben, doch hielt dieser immer noch das Gewehr schussbereit auf ihn gerichtet. Seltsamerweise schien es Joe nicht sonderlich zu beeindrucken, als Eagle Eye den Finger um den Abzug krümmte …

Klick …

Eagle Eye stutzte und drückte noch einmal ab. Dann noch einmal.

Klick … klick.

»Die wirst du wohl brauchen«, sagte Joe. Er öffnete die Hand und zeigte Eagle Eye die Patronen, die er mit geschickten Fingern aus dem Gewehr genommen hatte, während sie miteinander kämpften.

»Gib sie her!«, fauchte Eagle Eye gereizt.

»Aber gern«, sagte Joe und warf sie ihm vor die Füße.

Eagle Eye kniete nieder, sammelte die Patronen ein und wollte gerade sein Gewehr laden …

… als er nicht wusste, wie ihm geschah. Lennox hatte sich von hinten an ihn herangeschlichen und schlug ihm nun die geballte Faust mit einer Wucht auf den Kopf, als würde er mit dem Vorschlaghammer einen Pfahl in die Erde rammen. Eagle Eye kippte wie tot um.

»Es überrascht mich doch immer wieder«, sagte Joe völlig ungerührt, »wie einfach es ist, das menschliche Auge zu überlisten.«

Apollo hinkte heran. Medusa lag über seiner Schulter. »Sämtliche *AF*-Kämpfer haben sich zurückgezogen«, knurrte er und bettete Medusa behutsam auf den Rücksitz des SUV. »Aber sie werden bald entdecken, dass uns die Munition ausgegangen ist. Dann werden sie wohl zurückkommen, um die Sache zu Ende zu bringen.«

Lennox, Azumi und Joe kamen herbeigerannt.

Apollo trieb sie an, rasch in den Wagen zu steigen. »Wir müssen so schnell wie möglich verschwinden«, drängte er.

»Was ist mit Pandora?«, fragte Troy. Er lief, immer noch taumelnd, zu ihr und kniete neben ihrem leblosen Körper nieder. Sanft schob er eine schwarze Locke aus ihrem engelsgleichen Gesicht. Erst jetzt wurde ihm vollends klar, wie sehr er dieses Mädchen geliebt hatte. Er hätte sein Leben für sie gegeben. Aber auch das war nicht genug gewesen.

»Wir können sie nicht mehr retten«, sagte Apollo leise und legte ihm die Hand auf die Schulter. »Aber du brauchst jetzt dringend ärztliche Hilfe. Komm.«

»Wir können sie doch nicht einfach aufgeben!«

»Troy, du hast eine Kugel für sie abgefangen. Sogar mehrere, so wie du aussiehst. Niemand könnte mehr von dir verlangen. Wir müssen weg von hier! Sofort!«

Troys letzte Kräfte waren versiegt; er konnte sich nicht mehr auf den Beinen halten. Aber als Apollo den Arm um ihn legte, um ihn zu stützen, war ihm, als hätten sich Pandoras Augenlider bewegt.

»Warte!«, rief er aufgeregt. »Sie lebt!«

»Du bildest dir das nur ein«, sagte Apollo und zerrte ihn mit sich zum SUV. »Nur ein Super Bodyguard wie du könnte zwei Schüsse in den Rücken überleben.«

42

Sicherheit und Freiheit

»Als ich noch kleiner war, bin ich mal vom Fahrrad gefallen und habe mich am Bein verletzt. Es blutete, aber bis ich nach Hause gehumpelt war, um meiner Mutter davon zu erzählen, war die Wunde schon wieder verheilt. Ganz von selbst. Ich dachte immer, ich hätte einfach nur Glück gehabt.« Pandora lachte. »Niemals hätte ich mir träumen lassen, dass ich das Talent zur Selbstheilung habe!«

Troy hörte ihr staunend zu. Wieder einmal lag er im schmalen Bett der *SPEAR*-Krankenstation. Neben dem Bett summte eine Maschine, deren Biolaser seine zahlreichen Schussverletzungen pflegten und langsam heilten.

Pandora saß auf der Bettkante und hielt seine

Hand. Das war das schönste Gefühl, das Troy sich vorstellen konnte. Und doch war es nur halb so schön wie der Augenblick, in dem er gesehen hatte, dass Pandora wieder zum Leben erwachte und sich auf der Kiesauffahrt der Villa aufrichtete.

Kasia verdrehte die Augen. »Dann hast du also unseren Schutz eigentlich gar nie gebraucht!« Sie lag auf dem zweiten Bett; auch sie war an eine Heilungsmaschine angeschlossen.

»Das würde ich so nicht sagen«, antwortete Pandora lächelnd und drückte Troys Hand.

Lennox reckte die Brust. »Und wer hätte gedacht, dass ich ein Doppeltalent habe? Ich bin gefeit gegen Stromschläge!«

»Technisch gesehen, ist das nicht ganz korrekt«, sagte Joe und putzte seine Brillengläser mit dem Saum seines T-Shirts. »Es liegt an deiner Körpermasse. Sie bewirkt einen höheren Widerstand.«

Lennox runzelte die Stirn. »Willst du damit sagen, dass ich *fett* bin?«

»Eigentlich will er damit nur sagen, dass du verdammt viel Glück gehabt hast«, sagte Azumi. Sie leckte sich die verletzte Lippe.

Troy zuckte zusammen, als der Laserstrahl eine

besonders empfindliche Stelle seiner Haut traf. »Ich wünschte, ich hätte das Talent zur Selbstheilung ...«

»Wir können ja jederzeit ein paar Kampfpillen einwerfen«, sagte Kasia und zwinkerte ihm zu.

»Ihr zwei bekommt von mir keine einzige mehr!«, dröhnte Apollos tiefe Stimme vom Büro herüber. »Drogen sind keine Lösung. Ihr braucht jetzt nur genug Zeit, um richtig gesund zu werden. Die Zeit heilt alle Wunden.«

Mit steifen Schritten betrat Medusa die Krankenstation. An ihrer weißblonden Stachelfrisur hatte sich nichts geändert, doch sahen die Stacheln jetzt so aus, als stünden sie unter Strom.

»Ich habe gute Nachrichten«, verkündete sie. »Die *Armee der Freiheit* hat sich nach dem Tod des Richters aufgelöst. Auch die Talente sind verschwunden. Offenbar herrschte der Richter mit eiserner Faust und hat dafür gesorgt, dass niemand neben ihm stark genug werden konnte. Jetzt gibt es keinen Nachfolger, der die Führung übernehmen könnte.«

»Was ist mit dem Hohen Rat?«, fragte Azumi. »Wer hat jetzt die Macht in der Stadt?«

»Es lebt ja nur noch ein einziges Ratsmitglied. Sie ist immer noch schwer verwundet und nicht in der

Lage, die Verantwortung für die Stadt zu übernehmen. Sie hat vorgeschlagen, dass Pandora die Regierungsgeschäfte übernimmt.«

»Ich?«, rief Pandora und riss Mund und Augen auf.

Medusa nickte. »Die Bürgerversammlung hat bereits stattgefunden. Man hat dich zur Bürgermeisterin gewählt. Es ist uns gelungen, vor der Öffentlichkeit geheim zu halten, dass dein Vater die Angriffe der Terroristen selbst befohlen hat. Und wir alle wissen, dass du damit nichts zu tun hattest.«

Pandora schwieg und blickte still durch das Fenster auf die Stadt hinaus. Nach einer Weile wandte sie sich wieder zu den anderen um. Nun lag jedoch ein neuer Ausdruck in ihren braunen Augen: Entschlossenheit und Tatkraft.

»Terminus City muss wieder eine sichere Stadt werden«, sagte sie mit fester Stimme. »Aber nicht zu Lasten der Freiheit. Ein Friede, der auf Angst beruht, ist keiner. Wir müssen dafür sorgen, dass wir alle in Sicherheit *und* Freiheit leben können.«

»Du wirst eine gute Bürgermeisterin sein«, sagte Medusa lächelnd. »*SPEAR* wird dich weiterhin beschützen. Natürlich nur, wenn sich meine Super Bodyguards entschließen können, bei uns zu bleiben?«

Medusa blickte Troy und seine Freunde der Reihe nach an. Auf ihrem aschfahlen Gesicht lag ein schmerzlicher Ausdruck.

»Ich muss mich bei euch entschuldigen, dass ich euch mit meiner Fähigkeit beeinflusst habe«, sagte sie leise. »Es gibt so wenige auf der Welt, die eure Talente besitzen. Wenn ich jungen Menschen begegne, die das Talent besitzen, Super Bodyguard zu werden, tue ich alles, um sie für *SPEAR* zu rekrutieren.«

Medusa senkte den Kopf und blickte beschämt zu Boden. »Aber ich könnte es auch verstehen, wenn ihr nicht mehr dabei sein wollt. Wie Pandora gesagt hat: Ihr müsst selbst und völlig frei entscheiden, wie ihr leben wollt.«

Troy und seine Freunde blickten sich an. Niemand sprach.

Doch schließlich meldete sich Joe zu Wort. »Die Frage ist doch, ob wir uns anders entschieden hätten, wenn wir die Wahrheit gekannt hätten.«

Troy dachte an den Tag zurück, als er alleine im Krankenhausbett aufgewacht war. Elternlos und voller Angst. Hätte er sich anders entschieden?

»Für mich gab es nie einen Zweifel«, sagte Kasia. »Ich bin noch immer dabei.«

»Wir sind doch ein Team, oder nicht?«, grinste Lennox. »Wenn du bleibst, bleibe ich auch.«

Joe nickte. »Ich gehöre hierher. Bei *SPEAR* ist mein Autismus meine Stärke.«

»Und meine Blindsicht hat endlich auch einen Wert«, stimmte Azumi zu. »Und ich bleibe auf jeden Fall bei meinen Freunden.«

»Und was ist mit dir, Troy?«, fragte Kasia. »Dein Talent ist versiegt. Von jetzt an kannst du dich nur noch auf dein Training verlassen.«

»Das stimmt. Ich kann vielleicht keine Kugeln mehr abfangen«, sagte Troy lächelnd, »aber ich werde für immer ein Super Bodyguard bleiben.«

Chris Bradford

BODYGUARD

Der 14-jährige Martial-Arts-Experte Connor Reeves entspricht nicht gerade dem, was man sich unter einem typischen Bodyguard vorstellt – und genau deshalb ist er so hervorragend geeignet für seinen neuen Job: Er wird für eine geheime Einheit hochprofessioneller junger Bodyguards angeworben, die jugendliche Stars und die Kinder superreicher Eltern begleiten sollen. Denn wer könnte sie unauffälliger beschützen als ein Gleichaltriger? Nach einem gnadenlosen Training heißt es dann für Connor Reeves bei seinen brandheißen Aufträgen:

Und Action!

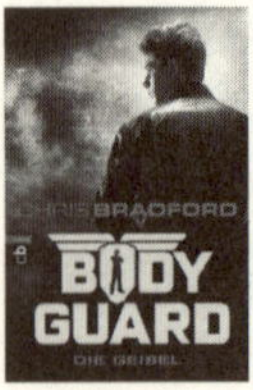

Die Geisel
Band 1, 480 Seiten,
ISBN 978-3-570-40275-7

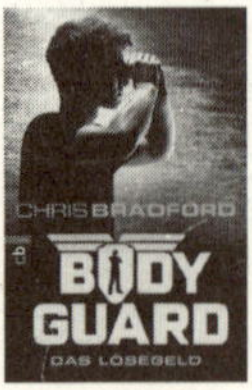

Das Lösegeld
Band 2, 480 Seiten,
ISBN 978-3-570-40276-4

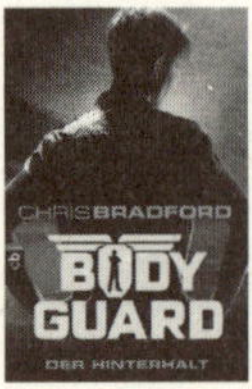

Der Hinterhalt
Band 3, 448 Seiten,
ISBN 978-3-570-40315-0

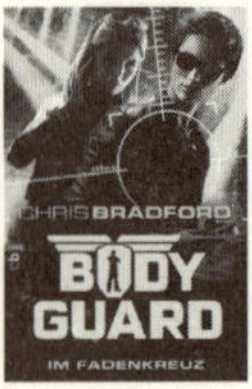

Im Fadenkreuz
Band 4, 480 Seiten,
ISBN 978-3-570-40316-7

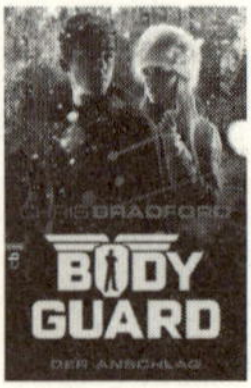

Der Anschlag
Band 5, 350 Seiten,
ISBN 978-3-570-40350-1

40300_5

cbj

www.cbj-verlag.de